実家暮らしのホームズ

加藤鉄児

宝島社
文庫

宝島社

実家暮らしのホームズ

Introduction

【謹告】　眠れる探偵たちよ、来たれ

オリバー・オコンネル財団は、当財団の設立者であり犯罪撲滅を宿願とするオリバー・オコンネルの大いなる意志をもって「眠れる探偵プロジェクト（The Sleeping Detective Project）」を実施する。

目的：
当プロジェクトは未知なる探偵の才能者を発見し、彼らの探偵としての活動を支援すること、さらには犯罪抑制を促すことを目的とする。

方法：
応募者を広く募り、探偵業務にかかわるテストを課すことで、成績優秀者を選抜する。選抜テストは十六の言語に対応し、第一次から第四次までのインターネット予選と、米国ニューヨークでの本選をおこなう。

応募資格：
本選出場（非米国居住者の場合は渡米）が可能であること。性別・人種・年齢・犯罪歴等、他の条件は一切課さない。

予選：
第一次予選は専用サイトより応募可能。著名ミステリー作家、犯罪学者、犯罪生成AIエムズヘッドにより考案された一二〇問を出題する。回答期限は、20XX年12月31日23:59GST。成績優秀者には次回テストの出場資格を与え、出場方法を通達する。

本選および褒賞金：
第四次予選通過者である成績上位十二名には、本選出場を条件に予選通過褒賞金三万USドルを付与する。なお本選出場にかかる交通費、宿泊費は当財団の負担とし、航空券等は別途支給する。
本選出場者には、上記予選褒賞金に加えて、本選褒賞金として総額二一〇万USドルを成績順位に応じて配分する。

オリバー・オコンネル財団理事長　オリバー・オコンネル

Case 1

8ビットの遺言

世界に冠たる巨大IT企業ビットクルーと、その創始者が設立したオリバー・オコンネル財団――

経済と慈善をつかさどるこの両翼に、不可能はないと信じていた。

だがその思いはぐらついた。

たった一人、判治リヒトのせいである。

鉄面皮と陰口を叩かれるわたしだが、彼との対峙を直前に内心では苛立っていた。眉一つ動かさなくても怒りに震えていたのだ。

判治リヒトの自宅は柏市郊外の住宅街にあった。

特定に二か月を費やしクリスマス休暇も返上したというのに、なんの変哲もない一軒家で拍子抜けの感がある。

「お客さんなんて、ホント何年ぶりかしら。それもこんなにきれいなお嬢さんだなんて。あの子も隅に置けないわね」

リヒトの母親である和美はよくしゃべった。来訪の理由も聞かず、満面の笑みでわたしを先導する。

「汚い部屋でごめんなさい。どうぞ、ゆっくりしてってって」

和美の言葉に誇張はなかった。案内されたのは、とても整理整頓がいきとどいているとはいえない小部屋だったからだ。

小学生のころからつかい続けていたような学習机があり、同じく小学生のころからつかい続けていたような小振りなベッドがあった。そして小学一年生でも手のとどく、背の低い本棚。そこには判治リヒトが幼少時より二十四歳までをすごした軌跡があるだけでなく、今日までに蓄えた知識が堆積していた。

部屋の全面に書籍とフラットファイルがうず高く平積みにされ、床はほぼ見えない。中央に人ひとりがやっと座れるスペースがあるらしく、そこはあぐらをかいた若い男が占領している。わたしは書籍とフラットファイルの山を崩さないよう、右へ左へとふらつきながら慎重に歩みをすすめた。

その短い道程で視線を四方へと這わせる。

書籍はミステリー小説や犯罪関連ばかりでなく、科学、ファッション、現代アートや哲学にいたるまで多岐におよんでいる。

だが特筆すべきは、フラットファイルのほうだ。レッド、ブルー、イエロー、グリーン、パープル、ピンク、グレー。七色に彩られたそれらの個性は、ただその色だけで、表題は記されていない。まっさらなままだ。どのファイルもなにかしらの書類が限界まで綴られているというのに、どうしてこれで中身を識別できるのだろう。

壁にも目を向ける。

そこには無数のメモが貼られている。汚い字で書き殴られているのは、どれも数字かランダムにならんだアルファベットの羅列だが、それがパスワードであればあまりに長すぎる。その数字やらアルファベットがなにを示しているのか、わたしにはまったく意味が見いだせなかった。

わたしは書籍とフラットファイルの山々から比較的標高の低い一角を発見すると、分厚いそれらを前後左右の別の山に振り分けた。最低限のスペースであるそこはフローリングの床だったが、日本式の作法にならい正座で対面する。

「オリバー・オコンネル財団日本支部のホルツマン・ユキです。判治リヒトさんですね」

わたしは目の前の男に告げた。判治リヒトは背を丸めて、差し出された名刺に目を走らせる。

姿勢の悪い細身の男だ。

日の光を浴びる機会がないせいか、肌は驚くほど白い。ストレートのざんばら髪は、外出嫌いの彼が自分で切ったのだろう。そこからは生気のない瞳が見え隠れする。

だが長年にわたるひきこもり生活を感じさせるのはそのくらいで、足の踏み場もない汚部屋の住人であるにもかかわらず、本人には不気味なほどの清潔感がある。生活の乱れた男にありがちな無精ひげはなく、きれいに剃っているのか、もしかしたら体毛が薄い体質かもしれない。

　ニットのセーターにコーデュロイのパンツのいで立ちも、上下ともにジャージ程度だろうという、わたしの予想に反するものだった。それでコートでも羽織ればいつでも外出できそうで、突然の来訪者を予期していたかのようでもあった。

「英語は読む専門だから、会話は日本語でお願いね」

　男性にしてはか細く甲高い声だった。言われなくてもそのつもりだ。

「わたしがなぜここにきたのか、理由はわかりますね」

「その前に一つ質問があるんだけど」

　質問に質問で答えるなと、誰も教えなかったのだろうか。心の中でため息をつきながら「どうぞ」と応える。

「きみのことをなんて呼んだらいい？　ホルツマンさんって言いにくいでしょ。ユキさんってのもどうかと思うし」

「ホルツマン。ホルツマンと呼び捨てで結構」

「本当に？　怒ったりしない？」

「ええ、本国では呼び捨てが普通ですから」

「本国ってアメリカのことね。じゃあさ、ユキって下の名前で呼び捨てにしたらダメ？」

「ダメです」

「そうか、ダメか。じゃあホルツマンで。ぼくのことはリヒトって呼んでいいよ」

すこし話しただけでめまいがした。なんという不毛なやりとりだろう。

ユキさんがまずいと知りながら、次の瞬間にはユキと呼び捨てにできると思う感覚もわからない。わたしのファーストネームはそんなに安くないし、リヒトと親密になりたいとは思ってもいない。

この社会不適合者になにかを求めるのは時間の無駄だ。

「では、リヒト。わたしから説明しましょう。ほかでもない『眠れる探偵プロジェクト』のことです。ご存じですよね」

反応はない。

わたしはかまわず続けた。一刻も早くこの場を立ち去りたかった。

「通称〝O2テスト〟——優秀な探偵を発掘するためにビットクルー、いえ、オリバー・オコンネル財団が主催した、いわば世界規模のミステリークイズ大会です。ネット上での四回の予選を勝ち抜いた十二名だけが、ニューヨークでおこなわれる本選に出場できる。そしてその十二名には、本選出場を条件として予選通過褒賞金三万ドルがそれぞれ渡され、さらに本選の成績に応じて総額二百十万ドルの賞金が配分される、とそんな流れでした」

「へえ、そうなの」リヒトはまだしらを切っていた。

「そのO2テストの、一次から四次まである各予選で最高得点を叩きだしたのが、『田中幸男』という男性でした。四十八歳、日本人にはよくある名前の田中氏は、当財団日本支部でおこなわれた渡航前のオリエンテーションに参加。必要書類を提出したのち、予選通過褒賞金の振込先を提示し、本選出場を約束する書類に署名しました。ですが、その田中氏は本選会場にあらわれなかった。振り込まれた三万ドルを受け取ったのち、忽然と姿を消してしまったのです」

「ふうん、なりすましだったんだね」

「そのとおりです」

　いかにもしらじらしいと怒りの衝動に駆られたが、わたしは冷静をよそおって答えた。

「田中氏の住所、氏名、生年月日、電話番号、メールアドレスだけでなく、パスポートや銀行の口座情報まで、すべてが偽物だった。世界中のミステリーマニアを熱狂させたクイズ大会で、最高得点を獲得した彼は存在しなかった」

　ちなみに言及はしなかったが、唯一正しかったのは性別だけで、それだって単に五十パーセントの確率が合致したにすぎない。

「すなわちビットクルーとオリバー・オコンネル財団は、たった一人の誰かに振り回されてしまったわけです。わたしたちはわたしたちのプライドに泥を塗った人物を探し出すため、自称・田中氏の足取りを追う一方、銀行の口座情報から名義を貸したもう一人の人物を特定しました」

「おっ、盛り上がってきたね」

「ですがそこからが容易ではなかった。それぞれ別人である彼らはなんのつながりもなく、ただネット上で提示された報酬を目当てに、自分の役目を演じたにすぎなかった」

「それで?」

「ではその報酬を提示したのは誰なのか。その誰かはビットクルー以外のいくつものウェブサービスを経由して、彼らを操っていることがわかりました」

「そこまでわかったんだったら、あとは朝飯前だろ。天下のビットクルーなんだから」

「ところがそうはいかなかった」

どこまで愚弄する気だ。

「その誰かは追跡を妨害する手法を熟知し、綿密に計算していた。経由に利用されたウェブサービスはビットクルーの息のかかっていない、例えば米国に敵対する独裁国家の国営密告サイトであり、特許権侵害で係争中のライバル企業のものであり、犯罪組織のダークサイドウェブだった。どれも協力関係にない、法的に情報開示を求めるのも、水面下で圧力を加えるのも困難な相手が運営するものばかり。しかしわたしたちは、ついにその誰かを突き止めました」

「その誰かが、ぼくなんだね。おめでとう、まったくもってそのとおりだよ」

リヒトはあっけらかんとそう言ってみせた。笑みすら浮かべている。その無邪気さにあやうく毒気を抜かれそうになるが、かろうじて「おかげさまで」と返すことができた。日本語では皮肉の意味もあるはずだ。

「それでホルツマン、きみがその追跡調査に従事していたんだ」

「ここ二か月専属で。オリバー直々の指令ですので」

「へえ、ビットクルーのCEOがきみみたいな若い人にねえ。スーツもパリッと決まってるし、日本語ネイティブでもなさそうなのにペラペラだし。エリートなんだね。情報系のドクターってとこか。特に優秀だったから、ビットクルーからオリバー・オコンネル財団に出向してオリバーの手足となって働いているわけだ。ごくろうさん」

「わたしのことはどうでもいいでしょう！」

『ごくろうさん』の一言にも、ときに皮肉の意味があると聞く。思わず声を荒らげてしまったところで、「はいりますよぉ」と場違いにのほほんとした声がした。

「はーい、おまちどうさま。お茶をもってきましたよぉ」

和美だ。コーヒーやらクッキーやらをてんこ盛りにしたトレーを片手に、わたしが四苦八苦したフラットファイルの木立を難なくすり抜けてみせる。

事前に得た情報によると、判治和美は現在四十八歳。

自宅でピアノ教室を開き、女手一つで無職の一人息子を養っているというのに、悲壮感のかけらもない。どうやら彼女は、わたしとはまったく異なるタイプらしい。こうも汚い部屋に客を通してしまうあけっぴろげさは、特にそうだ。わたしも空気が読めないと言われるが、彼女も逆ベクトルに空気が読めない性質のようで、扱いには注意が必要そうだった。

すでにコーヒーとクッキーを差し入れたのにもかかわらず、和美はなぜか満面の笑みを浮かべたまま動こうとしない。

リヒトも居心地が悪くなったのだろう。わざとらしく咳払いをすると、和美はやっと「ごめんなさいね。お邪魔だったかしら」と含みのある物言いをして立ち去ろうとする。その間際、わたしの耳元でささやいた。

「あなたたち、どこで知り合ったの。いま流行りのマッチングアプリとか？　ま、そんなことはどうでもいいわ。リヒトはね、出不精だけど根はいい子なのよ。末永くなかよくしてちょうだい」

やはり恐ろしく勘違いをしているようだ。この剣呑な雰囲気が感じられないのだろうか。リヒトがいい子だなどと親馬鹿もすぎる。

「母さんが失礼なことを言って、すまなかった……」

和美が部屋から出た途端、リヒトは消え入るような声で言った。眉をしかめ口をとがらせている。リヒトにとって和美は鬼門のようで、わたしは思わずほくそ笑んでしまうところだったが、寸前で押しとどめた。会話を本筋に戻す。

「あなたがしたのは犯罪、詐欺ですよ」

リヒトがあからさまに視線をそらした。コーヒーに砂糖とミルクをたっぷり入れると、それをスプーンでぐるぐるかき回す。攻撃が効いているか、あるいはただの演技なのか、判別はできない。

「赤の他人を偽の受取人に仕立て、予選通過褒賞金を詐取した。三万ドルが正式に受取人のものになるには、個人情報の申告内容が正しく、本選に出場することが条件です。だがそれを満たしていない。あなたは全額返還の義務を負った上に、０２テストの業務を妨害したことで損害賠償を請求されることになる。そして民事上の問題ばかりか、一連の行為は十分に刑事罰の対象だと思いますが」

「そこまで強気に出るってことは、証拠もばっちり押さえてる感じだね。感心、感心。素晴らしい捜査能力だ。ホルツマン、きみも０２テストに参加すべきだったんじゃないか」

「ふざけないでください！　あなたのせいで自称・田中幸男と、口座を貸した男が困った立場に置かれているんです」

「ダウト。それは嘘だ」

間髪入れずリヒトが言った。ざんばら髪のあいだから発せられる眼光が、わたしを鋭くとらえている。

「あの二人が困るなら、とことん困らせてやればいい。きみはそう思っているはずだ」

のらりくらりとした態度に腹を立てるあまり、頭に血が上ってしまった。たしかに言いすぎた。表情に出ていないかと口元をなでてたしかめる。わたしのくせだ。それがまたいけなかった。

「図星か」リヒトの目元に笑みが浮かんだ。「余罪がたくさん見つかったんだろ、捜査の過程で。ビットクルーかオリバー・オコンネル財団か知らないが、お手柄じゃないか。別件で犯罪者を二人も警察送りにできて」

その刹那、首筋に冷や汗を感じた。

リヒトの言うとおりだった。捜査の過程で二人のネット履歴から傷害、恐喝、詐欺、死体遺棄にいたるまで、複数の犯罪の痕跡が発見されている。リヒトはそれらを承知の上で人選したのだ。

つまり目の前にいるのは、テストができるだけの容易な相手ではない。

だからこそ「これはすまない。つまらないことを言ってしまったね。さあ、どうぞ続けて」と余裕の返し。

「なぜこんなことを」

「なぜって、簡単だよ。世界を相手に実力を試せるってのはおもしろそうだし、褒賞金は魅力的だし。O2テストに参加しない手はないよね。でも、一つ大きな問題があったんだ」

「なんでしょう」

「ニューヨークには絶対にいきたくなかった。というか、ほかのどこだろうがいきたくなかった。この家から出たくなかったんだよね。外出、大嫌い」

なんだ、そのこどもみたいな理由は。

お茶うけのクッキーを食い散らかすリヒトを眺めながら、しばし言葉を失っていたことに気づいた。あわてて問いただす。

「外に出たくないから、犯罪をおかした?」

「ニューヨークにはいかない。でも三万ドルはほしい。だったらそれしかないでしょ」

リヒトはさも当然とばかりに言ってのけた。本当はなに一つわかっていなかったが、

「わかりました。では簡単なことから解決していきましょう」と事務的に投げかける。

「まずは予選通過褒賞金を返還してもらう必要があります」

「できない」

「できないって、なにが」

「三万ドルは返せない」

「返せない？　どういう意味？」

「ないものは返せないって意味。不可能」

「ないって……なにが？」

「三万ドルに決まってるだろ。きみ、大丈夫か」

リヒトに心配される筋合いはない。わたしは正常だ。正常なゆえに理解できないのだ。

「では三万ドルはどうなったの？」

「ネットカジノで溶かした」

「まさか全部？」

「そう、全部。ルーレットで」

血の気が引いた。金額の問題ではない。O2テストで最高得点を叩きだすほど頭脳明晰（めいせき）な男が、ギャンブルの沼に喜び勇んで突っ込んでいく姿が信じられなかったからだ。しかもルーレットで勝敗を左右するのは、コンピューターが発生させる乱数のみ。負けが見えている。

「あなたほど能力があれば、せめてポーカーとか」

「ダメダメ、ポーカーなんておもしろくない。相手の手が読めちゃうでしょ。ギャンブルの醍醐味(だいごみ)は純粋な〝運〟だよ」

なんの得にもならない、あまりに説得力のない主張だった。性格破綻者、サイコパスなどの語句が次々と脳裏に浮かぶ。どれもひどい言葉ばかりだ。

気持ちを落ち着かせるために、コーヒーを口にふくむ。すこし前まで湯気を立てていたそれは、すっかり冷めていた。

「でしたら妥協案です。あなたを犯罪者にしたくはありません。月々すこしづつでも返してもらえませんか」

「無理、できないよ。働いてないから収入がない」

「だったら働けば」と言ってやりたかったが、言ったところで無駄なのは目に見えていた。


　判治リヒトは予選通過褒賞金を返還できない——

　オリバーの予想は正しかった。

　それはつまり、わたしに課せられた本当のミッションが、実行にうつされることを意味する。

だが、わたしは迷っていた。自分に問いかけた。

いくらオリバーの命令であっても、はたしていまからおこなう提案になにか意味があるのかと。このサイコパスにかかわったせいでビットクルーとオリバー・オコンネル財団、そしてわたしやオリバーがかえってトラブルに巻き込まれないかと。

「で、どうするの？」

コーヒーカップを片手にリヒトが挑発してきた。もう覚悟を決めるしかなかった。

「あなたの状況は把握しました」

「それはどうも」

「返還の意志がないのであれば、民事だけでなく刑事においても法的な手続きをとらざるをえません。ですがその最悪の事態の前に、一つだけ提案があります。これはオリバー・オコンネル直々の提案です」

「世界のオリバーが？　光栄だね」

「リヒト、オリバー・オコンネル財団のために働きませんか。それで本選不出場の責も問いません」

「やだよ。出勤したくないもん」

「いいえ、この部屋から出る必要はありません。仕事のほうをここに持ちこみます。外出に関しては、あなたが必要だと思ったときだけしてもらえれば結構です」

「リモートワーク？　無理、無理。コンピューター関連の人材ならビットクルーにいくらでもいるだろ」

「IT関連の仕事ではありません。あえて言うなら、警察関連といったところでしょうか」

「警察関連？　なにをわけのわからないことを」

リヒトの指摘は正しい。

口にしたわたしですら、わけがわからないのだから。

巨大IT企業ビットクルーの創業者CEOであり、オリバー・オコンネル財団の理事長でもあるオリバー・オコンネルには、別の一面がある。

彼は世界でもっとも多忙なビジネスマンでありながら、世界でもっとも著名なミステリー愛好家であり、専門誌に書評を投稿するほどのマニアだ。ただしその影響力の大きさから、最近はその投稿も自重しているとも聞くが。

だから〝未知なる探偵の才能者を発見し、彼らの探偵としての活動を支援すること、さらには犯罪抑制を促すことを目的とする〟とそれらしく語られる『眠れる探偵プロジェクト』も、実際は趣味の延長だとわたしは見ている。

「オリバーは、予選で最高得点を獲得したあなたの実力を認めています。そればかりか偽の受取人を仕立てわたしたちを煙に巻いたアイデアと技術を高く評価し、こともあろうにあなたの奇矯な行動さえも、名探偵としての才能の証と歓迎しているのです」

「こともあろうに、ってきみの個人的感想がだだ漏れだよ。でも、まあそう思われても仕方ないか。いや、自覚はあるんだよ、ぼくって変人だなって。普通の人には理解できないかもね。ねえ、やっぱりオリバーも変人？」

「誤解を恐れずに言えば、そうです。しかもとびっきりの」

　そしてここでいう変人は、同時に天才を意味する。天才は天才を知る、ということなのか。普通の人であるわたしには、自分を裏切ったリヒトを嬉々として迎え入れようとするオリバーが理解できない。

「天才は天才を知る、ってことだね」

　リヒトがわたしの心を読んだかのように言った。自分を天才と評する臆面のなさもオリバーに共通するものだった。

「で、その世界有数の変人さんがこのぼくに、いったい警察関連のなにをさせるつもりなの？」

「日本の警察は優秀ですが、それでもいくつもの難事件を抱えています。わたしたちがそれらの事件を紹介しますので、リヒト、あなたには捜査に助言をしていただきたい」

「警察への助言？　それってＩＴ企業がやること？」

「違うと思います」

「じゃあ、ミステリーマニアで知られるオリバーの、趣味の領域か」

「わたしの口からはこれ以上言えません」

「だよね」とリヒトは一言。しかめっ面ですこし考えてから「なるほどぼくが助言をして、それで報酬を得るってことか」

「厳しいようですが、事件を解決に導くことが条件――成功報酬です。その都度、事件の重要度に見合った報酬を、あなたが支払うべき三万ドルから差し引くかたちになります」

「それで、本当に外出しないでいいの？」

「ええ、警察から可能な限りの資料をこの部屋に持ちこみ、事件を判断してもらいます。ただし自発的に外出して捜査をしたいのであれば、協力は惜しみません」

「おもしろいじゃん。それでいいよ」

リヒトは軽く言ってのけた。「でもね」と付け加える。

「外資のＩＴ企業が日本の警察の抱える大事件を紹介して、大事な資料をぼくみたいな社会不適合者に開示するなんて、そんなことできるの？」

もっともな疑問だ。わたしは用意していた模範解答を口にする。

「世界のビットクルーですよ。わたしたちには知財関連で日本の政財界と太いパイプがあります。事件の一つや二つ、紹介してくれないはずがありません。しかも難事件の解決に無償で協力しようというのですから、ことわる理由もありません」

ずいぶん平和的でぼやけた表現だったが、詳細を明かすわけにはいかない。実際にはビットクルーが秘匿しているスキャンダルをネタに日本政府を脅して、なかば強引に事件に介入するのだ。

ビットクルーはこれまで幾度となく日本政府の尻ぬぐいをしてきた。外務省の機密情報がランサムウェアの人質になった際には、国務省経由精鋭スタッフを──さらには前首相の政敵が収賄疑惑で高度に暗号化されたハードディスクを物理破壊したときには、極秘裏にデジタルフォレンジックの特殊チームを派遣している。

また警察関連では、国家公安委員長に泣きつかれたこともあった。プライバシー保護の観点からパスコードのアンロック技術は提供しないというビットクルーの方針に反して、テロリストが保持していたスマートフォンを解析している。

どれもビジネスで用いれば、強力なカードになるスキャンダルばかりだが、オリバーは自分の手札の価値をわかっていないのだろうか。趣味のために、いとも簡単に切るつもりらしい。

「へえ、すごい。いろいろ裏の取引がありそうだけど」とリヒトがうそぶいた。目や耳だけでなく鼻も利く。

「それでは、交渉成立ということでよろしいですか」

「いいよ、ホルツマン。で、これからどうするの？」

「最初の事件はすでに決まっています。警察関係者同行の上、明日にでも紹介できると思います」

「さすができる人は違う。手際がいいね。楽しみに待ってるよ」

結局、軽妙な語り口は揺らぐことなく、リヒトは書籍とフラットファイルの谷間に腰をすえたまま、最後まで立ち上がろうとはしなかった。

＊＊＊

判治リヒトが最初に手掛けるのは、四か月前に発生した未解決の殺人事件だ。

そしてその事件を委ねたのは、オリバー・オコンネル本人。

まるでリヒトがわたしたちの提案を丸呑みすると予知していたかのように、すでに決められていた。わたしごときが異議を唱えられるはずがない。

昨日と同じ足の踏み場のない部屋には、もう一人いる。

「柏みなみ署捜査一課、矢野だ」

右隣りの男が名刺を差し出した。もう座る余地がないので立ち尽くしたまま、わたしたちをうらめしそうに見おろしている。

スーツ姿にネクタイまでしているが、それがかえってマイナスポイントになりかねないほどの着こなしの悪さだ。ジャケットは購入後に太ったためかボタンがはちきれんばかりで、スラックスは型崩れして緊張感を失い、もちろんネクタイは曲がっている。それに加えて濁った目をぎょろりとやるのだから、ある意味統一感はある。

矢野は見るからにハズレくじだった。わたしたちが政府高官を通じて要望したのは、当該事件に直接かかわった担当者の派遣であり、近所の警察署から手の空いている刑事をお手軽によこすことではない。しかも矢野は捜査一課に属してはいるものの、かろうじて末席に名前をつらねているだけのように見える。ビットクルーもなめられたものだ。

そんな悪印象の矢野が、事件の資料とみられる分厚いファイルを何冊もたずさえた上に、それらをすべて読み込みこの場に臨んでいると前置きしたのだから、すこし意外な感じがした。

「では『極東ソフトコマース社長殺人事件』について概要を説明するが、どんな事件か知っているか」

矢野は覇気のない声で尋ねると、リヒトの前にすこしだけ空いたスペースにどかりとファイルを置く。シロウト探偵への拒否反応が、やる気のなさと乱暴さにあらわれているといった感じだ。

リヒトは「ネットニュースに載ってた程度の情報なら」と答えた。

四か月前の週末、八月の暑い盛り、極東ソフトトコマース社長の城ノ戸淳（58）が自身の別荘で刺殺された。月曜日の朝になっても社長が出社しないことを不審に思った秘書が、別荘を訪れて変わり果てた彼を発見したという。警察は、城ノ戸の行動パターンをよく知った者による、計画的な犯行として捜査を開始した――

極東ソフトトコマース社長殺人事件について、ネットニュースで流れた第一報はこの程度の内容だろう。だがわたしは、ネットでは語られなかった重要な情報を握っている。

被害者である城ノ戸淳は、オリバーの古い友人だ。

米国に留学していた大学院時代、同じ教授に師事して、それで意気投合したという。彼は情報処理分野でたぐいまれなる才能を発揮した。

オリバーは語る。ジュン・キノトこそが真の天才だと――

つまりその個人的な関係が、リヒトに委ねられた理由だった。

「そういや、続報を見なかったけど、ぜんぜん進捗なかったんですね、あの事件」

あぐらをかいたリヒトはファイルの一つを手にとると、恐ろしい速さでページをめくりはじめた。わたしと矢野のどちらとも目をあわそうとせず、それで資料に目を通しているようだ。立たされっぱなしの矢野は、進捗なしとの挑発的な発言に内心おだやかでないのか、顔を真っ赤にして応える。

「恥ずかしい話、難航してるな」

「資料を読めばわかるんだろうけど、とりあえず訊(き)いておきます。どうして？」

「まずは目撃証言がない」

矢野の語気が荒い。さすがの末席刑事も腹に据えかねたようだ。

「検死の結果、死亡推定時刻は八月八日、土曜日の夜半だった。そのころなにがあったかおぼえているか」

「最大風速三十五メートル、中心気圧九三〇ヘクトパスカル。大型の台風八号、関東上陸」

「別荘近くの幹線道路を通る車はほとんどなく、ドライブレコーダーの記録は得られなかった。タイヤ痕も大雨で洗い流されていた」

「別荘のある場所も関係してますよね」

「そうだ。別荘は山の中にある一軒家のログハウスだ。そこに向かう山道には監視カメラなんてあるはずなく、容疑車両はNシステムにも引っかからない」

「足取りから犯人を特定するのは不可能ってことか。でも社長さんの別荘なら防犯カメラくらいあるでしょ」

「それがあったら苦労はしていない。被害者はIT企業の社長だが、どうもプライベートではアナログ志向のようでな。別荘には仕事に必要なインターネット環境があるだけで、そもそも電化製品ですら最低限のものしかなかった」

「ふうん、ネットニュースでは、被害者の行動パターンをよく知った者の計画的な犯行って言ってたけど、だったら容疑者はしぼられてくるんじゃないの？」

「それがそんなに簡単じゃない」

　と言った矢野がため息をついたときには、すでにリヒトは三冊目のファイルを読み終えていた。

　わたしもこの厄介事に関わった手前、事件の概要については目を通してある。矢野の言うとおり、容疑者をしぼりこむのが容易でないことは理解しているつもりだ。

　警察が行きずりの犯行ではないとした理由は明確だった。

　別荘に物色された形跡はなく、犯人は金目のものには目もくれずノートパソコンだけを持ち去っている。となれば、城ノ戸に恨みをもつ者、あるいはノートパソコンを持ち去ることを目的とした者、あるいはその両方を兼ね備えた者による計画的な犯行ということになる。

城ノ戸は毎週末を別荘ですごす――この行動パターンを知っている者は誰か。

まずは家族。

城ノ戸には別居中の妻と二人の息子がいる。城ノ戸は本宅とは別にマンションを借りていて、ウィークデイはそこから出社し週末は別荘にこもる生活を続けていた。もちろん家族はそのことを知っていたうえ、なんらかの負の要素があって別居をしていたわけだが、三人には決定的なアリバイがあり、早々に捜査対象からはずされている。

では家族以外はどうか。

そこで考えられるのが、極東ソフトコマースの関係者だ。

週末を別荘ですごす生活パターンは、およそすべての社員、元社員にとって周知の事実だった。さらに徹底した能力主義で知られる城ノ戸のもとで、降格、減俸、さらには解雇の憂き目にあった社員は多く、彼らが恨みをもっているのは想像に難くない。

だが問題は、そんな容疑者候補が現役社員だけで三百人以上、元社員も含めるとその数倍も存在することだった。

警察は人海戦術で彼ら全員を聴取したようだが、たしかめたかったのは台風直撃中の深夜のアリバイだ。かえってきた証言のほとんどが『家でおとなしく寝ていました』とあまりに自然で、裏取り不可能なものだったらしい。

矢野はわたしが知っていることとほぼ同じ内容を説明した。リヒトは一言「なるほどね」とつぶやき、ファイルに視線を投げかけた。

「だったら別荘内に残された証拠でなんとかするしかないか。うわっ、三十二センチの靴跡ってなんだよ。証拠消す気マンマンだな。遺留品もないし、犯人はよほど周到に準備してきたみたいだね」

当日、別荘でなにがあったのか——警察が描いたシナリオを矢野が語った。

犯人は勝手口から侵入している。轟々たる風雨のなか天候も犯人に味方して、シリンダー錠を破壊する異音はとどかなかったのだろう。やがて城ノ戸は別荘内を徘徊していた犯人とはち合わせする。だがそのとき、すぐに凶器で脅されたのか、彼は抵抗せず犯人とともに書斎へ向かった。ちなみにこれは、リヒトの言った『三十二センチの靴跡』をもとに組み立てられた推察だ。

そして城ノ戸は、書斎で犯人ともみ合いになった。腹部を鋭利な刃物で刺されたのち、うつぶせに倒れたところを背中からとどめの一撃を受けている。

「凶器は見つかっていない。犯人の残した遺留品は『三十二センチの靴跡』と、もう一つ……」

「レターナイフに付着していた、皮膚片ですね」

資料を読み込んだリヒトは、矢野の知識に追いつきつつある。

「城ノ戸はレターナイフで抵抗した。その際、犯人の肌をかすめてごく微量の皮膚片が付着したんだろう」

「ということは、DNA解析ができるということですね。なぜしないんです？」

「さっきも説明したとおり、対象者が多すぎる。それにレターナイフから血痕は検出されなかった。つまり犯人は目立った傷を負っておらず、そのため自分のDNAが現場に残されていた事実を知らない可能性が高い」

「警察はDNA鑑定を切り札にしたいんですね」

「そうだ。だからやみくもに検体を要請して、相手に警戒されてもマズいんだ」

「逆に言えば、容疑者をしぼりこめば、DNA鑑定で決着するということか」

そうリヒトが締めくくった途端、ノックの音。「はいりますよぉ」の声。

今日も和美は満面の笑みを浮かべていた。紅茶やらクッキーやらをてんこ盛りにしたトレーを手にしている。

「お気遣いありがとうございます。二日続けてお邪魔して申し訳ありません。長居はしませんので」

「遠慮しなくていいのよ。ユキさんなら大歓迎。ホント、リヒトとなかよくしてくれて、感謝してるのはこっちのほう」

困った。こんなとき、どんな表情をしたらよいのだろうか。

「ところで……」和美は矢野に目を向ける。ティーソーサーにクッキーを二、三枚のせてティーカップと一緒に手渡した。「こちらに突っ立ってるむさくるしい男性はだーれ？」

あくまで口調はやさしく表情はおだやかに、それでいて敵意をむき出しにするという、高度なスタイルだった。

「柏みなみ署の刑事の矢野と申します」

「警察？　リヒト、警察のお世話になるようなこと、したの？」

「してない。するはずがない」リヒトがためらいなくきっぱりと言ったので、耳を疑う。三万ドルの詐取など犯罪ではない、といった感じだ。

「そうよね。ですってよ、矢野さん。ご用件がすんだら、早々にお引き取りいただけませんか。リヒトが会いたいのはユキさんだけなんだから」

右手にティーカップ、左手にティーソーサーをもたされた矢野は、直立不動のまま面食らった顔をしていた。そしてここにいる唯一の理解者と感じたのか、わたしに視線を送ってくる。むさくるしい彼と、初めて心が通じた瞬間だった。

「じゃあ、ユキさん。ごゆっくり」

和美が辞去すると、リヒトは丸い背中をさらに丸めて、心底申し訳なさそうに「母さんがすまなかった」と一言。

以前にも聞いたセリフだ。やはり母親には頭が上がらないらしい。今後リヒトとのネゴシエーションで役に立つかもしれない。よくおぼえておくことにする。

リヒトは紅茶にミルクと砂糖をたっぷり入れてぐるぐるスプーンを回すと、最後のファイルを開いた。

わたしは殺害現場の写真が満載されたそれから目をそらした。文字に変換された現場はかろうじて受け入れられたが、血まみれの遺体の写真を正視できるほど肝は据わっていない。

それでもレターナイフの写真だけは視界にはいった。城ノ戸が反撃に使用したと聞いて、もっと大ぶりなものを予想していたが、手のひらサイズであまりに頼りない。

「ところで、これ、なんだかわかります？」

リヒトが写真の一つを指差した。ほかの写真を見ないよう気をつけながら覗きこむと、それは血で濡れた右手の手のひらのアップだった。胃液がせりあがってくる。

「それがなにか」矢野が訊いた。

「いや、これですよ。中指の指先、腹の部分。おかしいですよね」

もう一度、恐る恐る写真を見る。

腹部に第一撃を受けたとき、城ノ戸は咄嗟に傷口を押さえたのだろう。右手の手のひらは血で染まっていた。が、リヒトが指摘したとおり、中指の指先、その腹の血糊だけがうすく、およそ二ミリの幅で帯状にぬぐわれている。

「シロウト目にはおかしいかもしれないが、それが気になるのなら左手のほうがおかしいぞ」

今度は矢野が別の写真を指差した。左手の甲の写真だ。

同じく血まみれで、見た途端に卒倒しそうになったが、ここで倒れてビットクルーでのキャリアに泥を塗るのは避けたい。わたしは意を決してそれに向かった。

左手は手を開いた状態から不自然に薬指だけが内側に折り曲げられている。小指には傷があるようで、注釈が加えられていた。歯形、と。わたしは尋ねた。

「矢野さん、小指に歯形とありますが、犯人に嚙まれたんですか」

凶器をもち絶対的に有利な犯人が、被害者の指を嚙む場面を想像できない。逆ならわからないでもないが。

「それがな、おかしなところなんだよ。犯人が嚙んだんじゃない。城ノ戸自身が自分の指を噛んだんだ」

「なにかの間違いでは」

「間違いじゃないんだ、これが。小指の傷と城ノ戸の歯形が一致している。しかも骨にとどくほど強く噛んだため、城ノ戸の口内には小指の皮膚やら肉片が残されていた。

おかしいよな」

たしかにおかしい。死を目前にして錯乱したのだろうか。それ以外の理由が見つか

らない。

「ぜんぜんおかしな話じゃないよ、そっちは。おかしいのは右手」

リヒトが口をはさんだ。現場で撮られた遺体の全身写真を凝視している。

あたりは血の海だ。ティーシャツにジーンズ姿の城ノ戸がうつぶせに倒れている。

リヒトが問題にした右手は頭上へと伸び、一方、噛んだ小指のある左手は遺体の胸元

に隠れて見えない。左手を胸にあてて右手を上げている格好だ。

「おかしくないって、おまえ。城ノ戸がなぜ小指を噛んだのか、わかったのか」

突拍子もない声を上げて矢野がおまえ呼ばわりをした。

「たぶんね。でも右手の謎が解けないとはっきりとしたことは言えないな。そっちも、

ぼんやりと想像はできているんだけど」

「もしかして、資料だけで事件の真相が見えているのか」

「見えているとまでは言えませんよ。なぜならここにある資料だけでは不十分だから」

「警察の捜査が不十分だと？」

「そう、不十分。足りないものがある。それを調査しなくちゃならない」

あまりに挑戦的な発言に、矢野が大きく息を吐いた。

「それでどうする気だ」

「まずは遺体の発見者である秘書の、鈴木照美（すずきてるみ）さんにお願いしたいことがあります」

「秘書を疑っているのか」

「いいえ、調べてほしいことがあるんですよ」

「それはこちらで手配しましょう。極東ソフトコマースはビットクルーのビジネスパートナーなので、警察よりもスムーズに話がすすむと思います」

警察に協力は求めたが、必要以上の介入は避けたい。主導権はあくまでわたしたちのものということで。

「おいおい、呼びつけておいておれはのけ者か？」とふて腐れる矢野。

「いいえ、矢野さんには別の大事な役目がありますよ。ぼくの推理が本当に正しいのか、検証してもらわないと。同行してくれますよね」

「同行？　どこに？」

「決まってるじゃないですか。城ノ戸の別荘、現場ですよ、現場」

リヒトがざんばら髪を掻（か）きむしりながら、部屋のドアに向かって声を上げる。

「母さん、近いうちに、ぼく、でかけるよ」

すると即座にドアが開いた。

和美だ。

どうやら気配を消して、わたしたちの話を立ち聞きしていたらしい。いや、話の内容には興味がなく、二人もの客を迎えて、息子の様子をうかがっていただけかもしれない。

そんな親馬鹿が狼狽（ろうばい）した様子で訊く。

「でかけるって、もしかして外に出るってこと？」

「それしかないでしょ」

「あわわ、こんな幸せってある？　いったい何年ぶりかしら」

書籍とフラットファイルの塔が崩れるのもかまわず、和美が飛びこんできた。わたしの前にしゃがみこみ、そのまままきつく抱きしめる。

「ユキさん、ありがとう！　あなたってホント、女神さまかしら」

突然のことで驚いたが、思い込みも母の想いにかわりない。わたしは和美の背を両手で包み、そのぬくもりを借りることで祖国の母を懐かしんだ。

＊＊＊

玄関前には黒塗りのセダン。

「えっ、パトカーじゃないの？　せっかく楽しみにしてたのに」

後日、矢野と判治邸を再訪したときにリヒトがはなった一言だ。

数年ぶりの外出に備えて新調したのか、彼は新品のダッフルコートに身を包んで万全のいで立ちだった。

「これだって覆面パトだ」矢野が面倒くさそうに応えた。

「そうじゃなくてさ。白黒の、パトランプがあって千葉県警って書かれたヤツがよかったのに」

こどもか。

相手をする気にもならないが、前回訪問時と同じスーツに同じネクタイ、見た目にそぐわず矢野は面倒見がよい。

「近所の目もある。警察ですよとアピールされたら、おまえはよくてもおふくろさんが困るだろ」

「いいえ。リヒトが喜ぶのなら、わたしはいっこうにかまいません」見送りに同席した和美は、あいかわらず矢野に辛辣なストロングスタイルだった。

「わかった、わかりました。白黒に乗りたければまた別の機会にしてやる、別の機会があればの話だが」

別の機会があれば、とは決して矢野個人の負け惜しみではない。

日本政府からの反撃だ。

オリバー・オコンネル財団に通達があった。今回の現場検証でなんらかの進展がないかぎり、今後警察の手をわずらわすようなまねは慎んでいただきたい、と。

つまり失敗すれば次はないのだ。

そんな窮状を知らずとしてか、ひさしぶりの外出にリヒトは、覆面パトカー内の機材をさわり何度も怒られ、左右の車窓、前後の車窓へとひっきりなしに目移りして、手のつけられないはしゃぎっぷりだった。

わたしたちは犯行現場である別荘へと、県境を越えて二時間も車を走らせた。

途中残雪が心配されたが、ここ数日間暖かい日が続いたため路面は良好で、雪化粧に彩られた山肌を楽しむ余裕もあった。

ログハウスは山の中腹のひらけた場所にあった。とんがり屋根の平屋で家族とすごすには小振りだ。見渡すかぎり隣家はなく、外界の雑音を遮断して、城ノ戸が一人ですごすためのものなのだろう。庭とおぼしきスペースには、道中の山々で見ることなかった、庭木のような背の低い木々が植えられ、こまめに手入れがされているのがわかった。

ぬかるんだ駐車スペースに車を停めると、年高の女性がわたしたちを出迎えた。

「ホルツマン・ユキさんですね。わたくし、極東ソフトコマースで社長秘書をしています、鈴木と申します」

生真面目な性質なのだろう。コートが必要な寒さだというのに、初対面で上着は失礼と感じたのか、スーツ姿で凍えながらの自己紹介だった。

鈴木照美はどちらかといえば地味な感じの、物腰のやわらかな女性だった。

資料によれば、極東ソフトコマースが設立された約三十年前に事務員として雇われた、最古参の社員である。そのぶん城ノ戸に対する忠誠心は厚く、また事件当日のアリバイもたしかだったため、信用できる人物だとわたしは評価している。

テラスへのステップを上がり、メインエントランスからログハウスの中へとはいった。杉の木のにおいがする。鈴木によれば日本の杉ではなく、ウエスタンレッドシダーという、カナダ産の最高級材が使用されているとのことだった。

実際に足を踏み入れてみると、やはり家族向けでなく孤独を愛する者のための別荘であることが身に染みてわかった。天井こそ高いが、コンパクトなのだ。それもそのはずこのログハウスは、リビングダイニング、書斎、寝室の三部屋とバスルームにトイレしかなく、アパートメントに近い構造だった。

「犯人が侵入した勝手口はここか」

矢野がリビングダイニングの奥、かつて勝手口のあったところを気にかけた。犯人により破壊されたそこは急ごしらえのベニヤ板で覆われ、さらなる賊の侵入を拒んでいる。

わたしたちは、勝手口から順番に犯人の足取りをたどった。バスルームとキッチンにはさまれた細い廊下を抜ける。

先に到着した鈴木が火をくべてくれたのだろう。リビングダイニングには小振りな暖炉があった。リヒトがさっそく暖炉に駆け寄り、赤く燃える薪(まき)を火かき棒で突っつきはじめた。

実にこどもで、頭が痛くなった。

「リヒト、やめてください」

「ぼく、暖炉って初めて見た」

「ごほん！　ここで城ノ戸社長は犯人とはち合わせした。それから書斎に……」

矢野が大きく咳払いをして自制を促したのだが、リヒトはやりたい放題だった。今度は壁に立てかけられたスティックを手にとり振り回した。

あわてて矢野が取り繕う。

「あれは……なんのスティックですか」

「ラクロス用のです」鈴木は明らかに戸惑っていた。

無理もない。久しぶりの外出に勝手がわからないのかもしれないが、リヒトの行動は目にあまる。

「アメリカ留学中にはじめたそうですが、日本では仲間が見つからないとぼやいていました。そろそろよろしいでしょうか。社長が倒れていた書斎をご案内します」

鈴木に続いて入室した。死体発見当時は真夏の盛り。書斎には腐臭が立ち込めていたはずだが、特殊清掃が終わりもう四か月も経っている。それでもまだ死臭が居残っているような、事実とも錯覚ともとれる感覚にとらわれた。霊障がある、磁場が悪い、過敏で夢見がちな人がそう例えるのもいまなら理解ができる。

書斎はＩＴ業界のトップランナーらしからぬ、アンティークの調度品で飾られていた。

壁には主を失い時を止めた振り子時計。年季のはいったサイドチェストの上には、真鍮製のフォトスタンドがいくつも。写真は家族と写ったものだけでなく、どこの誰かもわからない幼い少女が被写体であったり、日本を訪れた若きオリバーが城ノ戸と日本料理店のカウンターで肩を組んでいるものもあった。そして部屋の中央には、がっしりとしたオーク製のアームチェアと両袖机のセット。

留学中に懐古趣味に目覚めたのだろうか。そこには古き良きアメリカが凝縮されていた。

「ノートパソコンはこの上にあった。それが盗まれた」

リヒトはアームチェアにどっかりすわり足を投げだすと、両袖机の天板を指差した。まるで我が家といわんばかりの傲慢さだが、彼に礼儀を求めても無駄なことは、初対面の鈴木ですら気づいている。

「そうだ」矢野が応えた。「この脇でもみ合いになり机の上のものをぶちまけたようで、まわりの床には筆記用具やらが散乱していた。例のレターナイフも」

「そして城ノ戸社長は腹に第一撃をうけ、うつぶせに倒れたところで背後からとどめを刺された」

リヒトは立ちあがり、こんどは板張りの床をたしかめはじめた。当時残されていた血だまりはきれいにぬぐいとられて、いまは小さな痕跡すら見つけることができない。

「このあたりかな」

リヒトは見当をつけたあたりにしゃがみこむと、そのままうつぶせに寝そべった。死体になるつもりなのだろうか。本物の死体があった場所に体をあずけるなど気持ち悪くて、わたしにはとても考えられないことだった。

「もうすこし右か。うーん、これじゃ正確な位置がわからないな」

リヒトはひとりごとのように口走ると、わたしを呼んだ。

「ホルツマン、頼みがある」

「いやです」

「ぼくとかわってくれ」

「いやです」

「きみにしかできない」

「どうして」

「初対面の鈴木さんにそんなまねはさせられないし、矢野さんにはぼくの推理を見とどけるという大事な役目がある。となると、消去法できみしかいない」

消去法でわたしだと？　憤慨した。

「そもそも死体役なんて必要ありませんよね」

「イマジネーションを高めるために必要なんだよ。あーあ、きみが協力してくれないと、捜査が台無しになっちゃうな。出世にも響くんじゃないか」

いかにもわざとらしいが、痛いところをついてくる。オリバーは捜査状況について詳細な報告を求めている。ここでリヒトの機嫌を損ねるのは得策ではない。

わたしは抵抗をあきらめてひどく冷たい床に寝そべった。背後からリヒトが「右手はもっと伸ばして」やら「もうちょっと半身（はんみ）かな」などこまかく指示を出してくる。

関係者一同の冷ややかな視線のもと、この上のない屈辱だった。

そして、ようやく発見時の死体の状況が再現できたところで、

「喜んでくれ、ホルツマン。きみのおかげで想像が確信にかわったよ」

こうしてリヒトの独壇場がはじまった。


「さて、矢野さん。城ノ戸社長はこんな感じで倒れていたんだけど、この様子をどう言葉で説明します？」

リヒトの声が、死体役であるわたしの頭上から聞こえた。

「左手を胸にあてて右手を上げているポーズだな」

「あおむけならそれしかないでしょう。でも遺体はうつぶせです」

「どういう意味だ」

「こんなふうにも見えませんか。城ノ戸社長は右手でなにかを求めている、と」

たしかにそうだ。死体になってみて実感した。なにかに右手をとどかせようとしている。とすれば……。

「そのなにかとは、何か。そこで問題となってくるのが、この体勢で突端にあたる右手中指の指先です」

「もしかして、以前おまえが気にしていた、二ミリ幅の血のぬぐわれた痕が……」

「そう、大きな意味をもってくる。ところで鈴木さん、例の件、どうなりました?」

「あの、その前に……ホルツマンさんは、いつまでこの格好をしていなくちゃいけないんでしょうか」

「ああ、ごめん。忘れてた。もういいよ」

忘れてたはないだろ、忘れてたは。気のきかない矢野も矢野だ。

わたしは推理馬鹿二人に怒りをたぎらせながら立ち上がった。鈴木がバッグの中身をとりだしているあいだも、リヒトは話すのをやめない。

「この部屋にあったもののリストに目を通してみて、盗まれたのはノートパソコンだけではないと確信したんだ。でも、警察の怠慢だなんて言うつもりはありませんよ。なくなったって気づかないような、あまりに日常的な小物だし、ＩＴ企業の社長には似合わないレトロな代物だし」

「会社の社長室にもありませんでしたし、奥様にもお願いしたんですが、ご自宅にもないとのことでした。今日、みなさんがいらっしゃる前にこの部屋も調べたんですが、やっぱり見つかりませんでした」

「それで、同じものは手にはいりましたか」

「なにしろ古いもので苦労しましたが、なんとかネットオークションで落としました。これです」

鈴木が満を持して披露したもの。それは小型の――

「電卓……ですか?」

「もしかしたら外付けのテンキーかもと思って鈴木さんに頼んだんだけど、やっぱり電卓のほうか。スマホやパソコンで十分に用が足りるのに、変な感じだろ。だから見落としても気づかなかった」

「以前、社長からこの電卓のことを聞いたことがあります。当社を創業した際に購入した思い出深いものだから大切にしていると。最近オフィスで見ることがなかったので、別荘でつかっていた可能性は高いと思います。なにしろここは初心を忘れないための、大事な場所だそうですから」

「で、どうして電卓がないとわかったんだ?」

想像したとおり、この別荘は米国留学時の思い出を色濃く反映していそうだ。

「血のぬぐわれた痕、ですよ。ここを見て」

リヒトは電卓の〝5〟のキーを指差した。〝5〟のキーには、ほかのキーにない突起がある。

「この突起はホームポジションを意味していて、タッチタイピングの際に中指を置く基準となっているんです。矢野さん、中指のぬぐわれた痕とこの突起の大きさを比較してもらえませんか」

「もうすませた。ピッタリだ」

「つまりこの電卓は右手の下にあった。それを誰かが――犯人が持ち去った。ぬぐわれた痕が帯状になったのは、そのためです」

「なぜそんなものを持ち去る必要があったんだ」

「犯人にとって都合の悪い証拠が残されていたからですよ」

「なんだ、それは」

「電卓なんだから決まってるでしょ。数字ですよ」

「数字？　どうしてそんなものが？」

　矢野が首をかしげるあいだに、わたしには思い当たるものがあった。

「もしかして、ダイイングメッセージ？」

「そのとおりだよ、ホルツマン。死の間際、城ノ戸社長は犯人につながるヒントを残していたんだ」リヒトは鈴木に向かう。「城ノ戸社長は非常に頭脳明晰な方だと聞いていますが」

「はい、とんでもなく頭の回転が速く、記憶力も信じられないほどでした」

　そうだ。天才の称号をほしいままにしたオリバーが、城ノ戸こそが真の天才だと手放しで称賛していた。

「そこで質問。会社組織で個人を特定できる数字ってなにがある？」

「社員番号」公務員の矢野が真っ先に答えた。

「そう、それで鈴木さん。先ほど城ノ戸社長の記憶力が信じられないほどすぐれていたと言われましたが、だったら社員の個人情報なんかも、頭にはいっていたんじゃないですか」

「はい、信じてもらえないかもしれませんが、三百人以上いるすべての社員の誕生日をおぼえていて、その日がくると一人一人にバースデーメールを送るんです、なにも確認しないで。コンピューター会社の社長なのに、コンピューターいらずといいましょうか」

「じゃあ、犯人の顔を見て社員番号を思いつくなんて芸当は?」

「間違いなくできると思います」

鈴木の一言に書斎は、水を打ったかのように静まりかえった。

ダイイングメッセージ——たしかにありうる話だが、違和感がある。

「ぼくの描いたシナリオはこうです。レターナイフを手に犯人ともみ合いになったとき、そのはずみでデスクの上の筆記用具などが床に散乱した。城ノ戸社長が第一撃を受けて床に倒れる。腹の傷をかばったため、両手は血で染まった。うつぶせに倒れた城ノ戸社長の右手の先には、もみ合いのときに飛ばされた電卓があった。そして自分が殺されても犯人が誰かわかるよう、電卓に社員番号を打ち込んだ」

「そしてそれに気づいた犯人が背中からとどめを刺した、か」と矢野。

「おかしくないですか、それ」わたしは違和感の正体に気づいた。鈴木から電卓を受け取ると「この電卓、ソーラー式です。なにもしないで放置しておけば、数字は――画面は消えてしまうんですよ」

「あのね、ホルツマン。そんなの、見ればわかるじゃん」

なんだ、この辱めは。リヒトがあわれむような目でわたしを見ている。

「中指の血がぬぐわれたってことは、〝5〟のキーに血がついたってことだよね。右手の写真を見るかぎり、人差し指も薬指も血で濡れていた。ということは、社員番号を打ち込んだときに〝5〟以外のキーに血がついた可能性もあるわけだ。だったら画面の数字が消えても、血のついた数字キーの組み合わせで犯人を特定される可能性も残るということ。きみが犯人なら、そんな危険なものを放置しておくかな」

「でも、大事なダイイングメッセージが消えてしまう――いいえ、それ以前に犯人によって電卓が処分されてしまうのがわかっていたのなら、なぜ城ノ戸社長は数字を残したんですか。やはり瀕死の状態で判断力が低下したのでは」

「いや、それは違う。鈴木さんの言うとおり、城ノ戸社長はとてつもなく聡明だった。それは死が目の前にせまっていた、そのときでも」

城ノ戸礼賛に鈴木が涙ぐんでいた。矢野はただひたすらに耳をかたむけていた。だがわたしはまだ納得がいかない。

「でしたら、城ノ戸社長はなにを伝えたかったんですか」

「なにって、もう伝わっているだろ。『数字で犯人の正体を伝えたかった』という事実が、いまのぼくらに伝わってるじゃないか」

そこで矢野がほかの二人を代表して手を挙げた。「うーん、ちょっと理解が追いつかない。すまないが、もうすこし説明してくれ」

「いいですか。犯人が電卓を持ち去らなかった場合、電卓でなにをしようとしていたのか、ぼくたちに伝わる。当たり前ですよね。一方、電卓が持ち去られた場合でも、なぜ持ち去ったのかという話になり、数字にいきつく。実際にはぼく以外、誰も電卓がなくなったことに気づかなかったのは不運だったけれど。要するに電卓が残されようが、持ち去られようが同じ結果、『数字で犯人の正体を伝えたかった』という事実は伝わるんです」

「うーん、わかったようなわからないような。でも『数字で犯人の正体を伝えたかった』という事実になんの意味があるんだ？」

「非常に重要な意味があります。もう一度、先ほどのホルツマンの死体役を思い出してみましょう」

「左手を胸にあてて右手を上げている」

「あおむけならその例えで正解だけど、遺体はうつぶせ。右手は電卓を求めていることがわかった。じゃあ、左手は？」

「もしかして左手にも意味があるのか」

「こうは見えませんか。左手が胸にあたっているのではなく、胸のほうが左手に覆いかぶさっているのだ、と。ではなんのために？」

そうだ。左手は手を開いた状態から薬指が内側に折り曲げられていて、小指には城ノ戸自身が残した嚙み痕がある。これらに意味があるとしたら――

「左手は……守られている？」

「いいね、ホルツマン。では、なにから守られている？」

「犯人。犯人の視線から」

「そうだ、そしてもう一つ。死後も左手の状態が保たれるよう、体の重みで守っている」

「ということは、左手にもダイイングメッセージが……」

「真実にだいぶ近づいたね。では質問だ。ビットクルーの前途有望なエリート社員であるきみなら、もうわかると思う」

この期におよんでハードルを上げてくる。意地が悪い。

「『数字で犯人の正体を伝えたかった』という事実、天才コンピューターエンジニアという城ノ戸社長の特性、不自然な左手の状態――この三つのヒントから導かれる論理的帰結は？」

わたしには、もうその答えがわかっていた。

「二進法……左手は数をかぞえていた」

複雑な計算が可能なコンピューターだが、その末端では二つの状態しか存在しない。電流が流れているか、いないか。〝1〟か〝0〟か。コンピューター上のあらゆる演算は、無数の〝1〟と〝0〟を組み合わせて成立している。

「すまない。二進法は耳にしたことはあるが、実際のところよくわからない。説明してくれないか」

わからないことはわからない、と素直に言える矢野に好感をもった。

「わたしたちが普段つかっている十進法では、0から9までかぞえて次に一桁繰り上がり10になる。対して1の次はすぐに繰り上がって10になる、それがコンピューターの演算の基本である、二進法の世界です。10の次は11、その次は100。ただし100といっても二進法での表記であって、十進法では4に相当します」

「残念だ。まだわからん」

「それを理解してもらうように初学者向けの手遊びがあるんです」

わたしは左手を開き甲のほうを矢野に向けた。

「親指が1、人差し指が2、中指が4、薬指が8、小指が16をあらわすと考えてください。いいですか」

わたしは左手を握った。「この状態が0です。立っていない指はすべて0を意味します」

次に親指を立てる。「親指は1なので、これが1」

親指を戻して人差し指を立てる。「人差し指は2なので、これが2」

ふたたび親指を立てる。親指と人差し指が立っている状態だ。「親指の1と人差し指の2を足して、これが3」

「なんとなく、わかってきた」

「この方法ですと、5までしかかぞえられない片手で1、2、4、8、16の合計、0から31までかぞえることができます」

「じゃあ、城ノ戸社長の左手が示している数字は？」

「薬指は折れているので0、つまり1、2、4、16の合計。23です。鈴木さん、タブレット端末をお持ちですよね。極東ソフトコマースのイントラネットに接続できますか」

「できます。社員番号23が誰か、調べればいいんですね」

四か月も解かれなかった謎が明らかになって、わたしはすっかり高揚していた。舞い上がっていたのだ。上司思いの鈴木に気をつかって、余計なことまで口にしてしまった。

「オリバー・オコンネルも認めたとおり、やはり城ノ戸社長は天才だと思います。背中にとどめをうけるまでのわずかなあいだに、社員番号を電卓に打ち込むだけでなく、二進数に変換して左手に残すだなんて。常人のできることではありません」

と言い切ったところで、リヒトが口をはさんだ。わたしに恥をかかせるには、それ以上ないタイミングだった。

「ホルツマン。六十点、不合格だ」

「えっ？」

「きみは城ノ戸社長の偉大さをまるでわかっていない」

リヒトの言った意味がまったく理解できなかった。そこへタブレット端末を手に鈴木が追い打ちをかける。

「残念ですが、社員番号23は犯人ではありません」

「どうしてそんなことがわかるんだ。名前は？」矢野がいきり立った。

「名前を言う必要もありません。社員番号23の方は故人、すでに亡くなっています」

「死んでいる、だと？」

「そもそも二桁台の番号の社員は、ほとんどがずいぶん前にやめています。現在当社には三百人以上が在籍しています。社員番号は入社順に取得しているため、せめて三桁はないと」

鈴木の指摘にわたしはリヒトをにらみつけた。二進法であらわせる数はあまりにすくない。彼は導かれる答えが犯人でないことを知っていながら、わたしに間違った推理を語らせたのだ。なんと意地の悪いことだろう。

しかし同時に、なぜ六十点という中途半端な評価なのか、という疑問もある。完全に間違っているのであれば、〇点でよいではないか。どこかで四十点減点のわき道にそれてしまったのか、自問自答を繰りかえす。だからといって、わたしに本道を見つけだす器量はありそうにないのだが。

降参だ。わたしにはリヒトにすがるしかないらしい。

そのリヒトはわたしたちの推理談義など興味なし、といったふうに、あらぬところを見つめていた。彼の視線の先には、主がネジを巻いてくれないばかりに、何か月も時を止めている振り子時計。

「デジタルの世界にどっぷり浸かっていると、振り子時計みたいなアナログ、アナクロが癒しになるのかな」

なにを思ったのか、リヒトは感慨深げに的外れなことを言う。続けて文字盤を目で追いながら「1、2、3……」と12まで読みあげた。

った。

「リヒト、みなさんが待っています。早くあなたの推理を」

「長針は六十分で一周して短針が一つすすむ。短針は十二時間で一周して元の位置に戻る。いわゆる十二進法……」

ふざけて見えるが、推理はまだ続いている。わたしたちは息を吞んで次の一言を待った。

「ホルツマン、知ってる？」

「なにをです？」

「古代エジプトでは十二進法が普及していて、十二個で一単位、ダースの概念もあったらしい。じゃあさ、そこに住む人々は、どうやってそれをかぞえていたと思う？」

息が止まった。声が出せなかった。

「指の腹の部分を一つとしてかぞえたみたいだよ。一つの指に三つの腹、それが人差し指から小指の四本で合計十二。二進法を知っている現代人のきみなら、もっとたくさんかぞえられるよね」

「もしかして……三進法？」

リヒトがはにかんだような笑みを浮かべた。

「一つの指で0、1、2と三つの数をかぞえられたら、親指から小指で2、6、18、54、162の合計、最大で242まで数えられるはずだ」

「242、それなら三桁の条件にあてはまる」矢野の顔つきが変わった。

「城ノ戸社長は、きみが考えている以上に、すさまじく頭の回転が速い人だった。犯人の社員番号を思い浮かべたとき、二進法では数字が足りないことはすぐにわかったはず。だからより大きな数をあらわせる三進法に切り替えた。と、口では簡単に言えるけど、馴染みのある二進法ならまだしも、それがどれほどすごいことか」

いや、ありえない。リヒトの言うとおりであれば、わたしは城ノ戸の能力を見くびっていたことになるが、できるはずがない。

「リヒト、その推理には無理があります。二進法の、指を曲げたり伸ばしたりする手遊びならまだわかります。でも、それぞれの指にある三つの腹のうち一つを指定し、それを五本ぶんもおこなうなんて無理です。頭が良い悪いの問題ではありません。理論上は可能であっても、犯人監視のもと、第一撃からとどめを刺されるまでの短時間で実行するには複雑すぎます」

「ホルツマン、ぼくは城ノ戸社長が古代エジプト人のマネをしたなんて思ってないよ。きみの言うとおり複雑すぎる」

「では、どのように三進法を？」

「きみが指摘したとおり、指を曲げたり伸ばしたりする手遊びで、0と1はあらわすことができる。だったら残る2を別の方法でつくったらいい」

「つ、く、っ、た、ら、い、い？　もしかして……」

「小指の噛み痕だよ」

死を目前にして、錯乱のうえの奇行だと気にも留めなかった。それが意味のある行為だったとは。

「なぜ城ノ戸社長は自分の小指を噛んだのか。足りない〝2〟をつくるためだ。彼の計算によれば、犯人の社員番号を三進数に変換すると、〝2〟に相当するのは小指だけだったんだ」

「それならありうるかもな」矢野が声を張りあげた。「指の腹を指定するのではなく指一本を噛むだけなら、わずかな時間でも可能だ。で、城ノ戸社長が残した社員番号はいったい何番なんだ？」

「噛まれた小指は2、曲げられた薬指は0、残りの三本の指は1」わたしは答えた。

「よって社員番号は三進法で20111」

「だからその番号は十進法で何番なんだ？」

三進法を十進法に――矢野は簡単に言うが、シンプルな二進法と違い、すぐに答えを出すのはむずかしい。城ノ戸の場合はさらに難解な逆パターン、十進法を三進法に変換しなくてはならない。それを死の間際のわずかな時間でなしとげたとは、どれほどすぐれた頭脳の持ち主であったか。城ノ戸を見くびっている、とリヒトが指摘する

わけだ。そのリヒトは、まごつくわたしにしびれを切らしたのか、

「親指が1、人差し指が3、中指が9、折り曲げられた薬指が0、嚙み痕のある小指が162。これらを足すと175。電卓のホームポジションである〝5〟も、ちゃんと含まれている」

解答はあまりに早かった。あらかじめ計算してあったのだろうが、それがもしわたしたちと初めて左手の写真を見たとき、あの乱雑な自室にいたわずかな時間になされたものであれば、リヒトは城ノ戸と同等の頭脳をもつことになる。

「鈴木さん、社員番号175を」と矢野が即座に指示をする。

鈴木がタブレット端末に向かうと、インターネット回線を経由して、答えはすぐにやってきた。

「社員番号175は、東村良弘。事件の二か月前に解雇されています」

「解雇か、動機のほうもしっかりしてそうだな。よし、ただちに捜査本部に報告する」

「お手柄ですね」スマートフォンを手にした矢野をリヒトがちゃかす。

「おれの手柄なわけねえだろ。おまえが全部の謎を解いた。おれはただ聞いてただけ。ちゃんと嘘偽りなく報告するつもりだよ」

そうしてもらえれば助かる。というより、矢野は今後もわたしたちが警察の捜査に関与できるよう、助け舟を出してくれているように見えた。リヒトが難事件の解決に

不可欠な人物だと考えたのだろうか。

「ホルツマン、もういいだろ。あとは警察にまかせて帰ろうよ。ここは寒すぎる」

リヒトが手をさすり小刻みに足を揺らしている。屈託のない笑顔はまるでこどもだ。

それでも認めざるをえない——リヒトの才能は本物だ。

わたしは底冷えのする書斎で、そう思った。

＊　＊　＊

後日談がある。リヒトが電話をかけてきた。

「やっと東村が逮捕されたみたいだね。ネットのニュースで見たよ」

「みたいですね」

「みたいですね、じゃないよ。捜査に進展があったら、報告してくれる約束だろ」

「すみません。矢野さんと一緒にあらためて訪問するつもりだったので」

「矢野さんとはマズいな。来る前に電話してよかった」

「どういう意味です？」

「母さんがね、なぜか矢野さんに冷たいんだよ。見ていられないくらいに」

リヒトもあからさまな拒否反応に気づいていたようで、さも気の毒そうに声をひそめた。

「母さんが絡むと面倒なことになるから、矢野さんは来ないほうがいい。それでまずは報酬の件だけど、捜査の役に立ったら三万ドルがチャラになる約束だよね」

「チャラになるとは言っていません。三万ドルから事件の重要度に見合った金額を差し引くという約束です。さすがに一回で全部が棒引きになるというのは、都合がよすぎませんか」

「ちぇっ、仕方ないなあ。で、いくら差し引いてくれるの？」

「本件においてあなたの活躍は二千ドルに相当するとの算定です」

「たった二千ドル？　殺人事件を解決したんだよ」

「不満があればオリバーに伝えましょう。個人的には妥当な金額だと思いますが。とにかくあなたが弁済すべき残高は、二万八千ドルになりました」

　その後もリヒトはぶつぶつ文句を言っていたが、相手にしなかった。

　すると突然、ふてくされた口調を引っ込めて真剣に切り出した。たぶんこれがわたしに電話をした本当の目的だ。

「ところで東村の動機はなんだったの？　解雇されたから殺す、なんて短絡的な動機がまかりとおるなら、世の中殺人者だらけになっちゃうからね。きみなら警察から聞いているだろ」

別荘での謎解きのあと、警察は東村良弘の毛髪を入手し、ただちにDNA鑑定を実行した。その結果、東村のDNAはレターナイフに残された皮膚片のものと完全一致し、今回の逮捕にいたっている。

「東村は会社の資金を横領していました。解雇が先行しましたが、城ノ戸社長は刑事告訴を検討していたようです」

「じゃあ、盗んだノートパソコンは？」

「ええ、東村の自宅で発見されました。凶器のサバイバルナイフも。それでわたしたちが警察と協力してパソコンを解析した結果、不正経理の証拠がオフラインで保全されていました。どうやらこれを奪うのが目的だったようです。もちろん城ノ戸社長個人にも恨みがあったのでしょうが」

「ふうん、そういうこと」

さして感慨などなさそうなのに、リヒトは感嘆してみせる。いかにも退屈そうだった。ここで、やっぱり探偵やめた、などとへそを曲げられても困る。

オリバー直轄の部下というポジションは死守しなくてはならない。ビットクルーおよびオリバー・オコンネル財団において、圧倒的飛躍的立身出世をこころざすわたしは、自分のプライドよりもおべんちゃらを優先すべきと判断した。

「それにしても、リヒト。すべてがあなたの推理どおりでしたね。感服しました」

歯が浮くようなお世辞だったが、リヒトは「ぼくはそうは思わない」と予想外に謙虚だった。

「どうしたんです?」

「一つ、わからないことがある。ラクロスのスティックだよ」

ラクロスのスティック——あまりに事件とは無関係な品で、思い出すのに時間がかかった。別荘のリビングダイニングの壁に立てかけられていた、城ノ戸が米国留学中につかっていたという、あれだ。

「ラクロスのスティックだけじゃない。暖炉用の火かき棒も」

火かき棒も加わってさらに混乱した。

「なにがなんだか、さっぱりわかりません」

「レターナイフはきみも見ただろ。手のひらサイズで、サバイバルナイフで武装した犯人に対抗するには、あまりに貧弱だ」

「レターナイフがどうしたんです?」

「まだわからないのか」

語気が強くなる。要領をえないわたしにしびれを切らしたようだ。

「城ノ戸社長が東村にはち合わせしたのは、書斎じゃない。リビングダイニングだ。そこには火かき棒やラクロスのスティックのような、レターナイフよりもずっと頼りになる武器が揃っていた」

あの日、リヒトはリビングダイニングで、火かき棒やスティックを振り回して、無邪気に遊んでいるようにしか見えなかった。だからわたしはとがめたのだ。

耳元でリヒトの声がした。

「なのに、なぜ城ノ戸社長は、リビングダイニングでの抵抗をあきらめ、たいした武器のない書斎に東村を招いたのか」

その答えを知るために、わたしたちはもうしばらく待たねばならない。

Case2

自殺予告配信

「ホルツマン、聞いてくれ！」

電話口でリヒトが開口一番に言った。それだけでひどく興奮しているのがわかった。

「どうしましたか」

「ぼく、パトカーに乗っているんだぜ。黒塗りの覆面じゃなくて、正真正銘、白黒のヤツ」

「知っています。わたしが矢野さんに頼んで、迎えにいってもらったのですから」

柏みなみ署の矢野は、なぜか母親の和美に煙たがられている。いくら白黒のパトカーを餌にしたとはいえ、リヒトを連れ出すには相当難儀をしたことだろう。

「信じられるかい？」リヒトは矢野の気苦労などおかまいなしだった。「パトライトをぐるぐる回しながらやってきて、いまもウーウー、サイレンを鳴らしながら走ってるんだよ。パトカーが通ります、道をあけてください、ってマイクで怒鳴り散らして、ほかの車を蹴散らして」

「それも知っています。なにしろ緊急事態ですので」

こどもの相手は骨が折れる。

その後も用件を伝えようとしたが、リヒトはひたすら感激をたれ流すばかりで会話が成立しなかった。なんとか矢野に代わってもらい状況を確認する。

「それで、どこまで説明しましたか」

「説明？　まだだよ、まだ」矢野の声は心底うんざりしているように聞こえた。

「例の動画は見せましたか」

「それもまだ。パトカーで乗りつけてからずっとこの調子で、聞く耳をもたねえ。なんなんだ、こいつは」

「仕方がありません。通話をハンズフリーにしてもらえませんか」

通話モードが切り替わると、リヒトはなおも感激をまき散らしていた。わたしはノートパソコンを立ちあげて次のアクションに備えた。おもむろに告げる。

「リヒト、いい加減にしなさい。わたしたちの話を聞かないのであれば、和美さんに言いつけますよ！」

「えっ？」

効果はてきめんだった。リヒトは即座に黙りこんだ。

「和美さんには『リヒトさんがわたしの話を聞いてくれない。とても悲しい』と訴えるつもりです」

「やめてくれ。お願いだ。話は聞くから」

思ったとおりだ。やはり母親には頭が上がらないらしい。

「あらためてリヒト。突然パトカーで押しかけて申し訳ありませんでした」

「いいよ。楽しんでるから」

「さきほども言ったとおり、緊急事態です。まずは動画を観てもらうのが早いでしょう。矢野さん」

「いまタブレットを準備している」

「経緯を簡単に説明します。いまから約十八時間前、本日の午前零時ちょうど、ビットクルーが運営する動画投稿サイトに一本の動画がアップされました。投稿者のユーザー名は『ナチュラルボーン・コレクター』」

「ナチュラルボーン・コレクター……〝生まれつきの収集家〟か。大層なネーミングだね」

「チャンネル登録者数は二桁台であまり視聴の見込めない投稿でしたが、たまたま目にした、投稿者の父親から通報がありました。今朝のことです」

「ふん、たまたま目にしたって、ものは言いようだね。大方、投稿者のことが心配で監視してたんだろ」

「そう思ってもらって結構です。警察が動画の内容を確認したところ、緊急性の高い事案と判断して、わたしたちが協力を要請されました」

「よし、流すぞ」と矢野。

スマートフォンのスピーカーから、緊張に震えるナチュラルボーン・コレクターの声が聞こえはじめた。

「こんばんは。ナチュラルボーン・コレクターです。ぼくの配信を観たことのない人もいるでしょう。はじめまして」

わたしのノートパソコンからも同じ動画が流れている。今日一日で何度見直したことだろう。

画面はいたってシンプルだ。加工の形跡もない。

デスクに置かれたパソコンからの配信のようで、暗い部屋の中央に白いトレーナーを着た若い男がいる。ナチュラルボーン・コレクターを名乗る彼は、黒ぶち眼鏡のレンズにモニターの光を乱反射させて、素顔を隠そうとはしない。世慣れしていない、いかにもあか抜けない風体は、リヒトに似た雰囲気を感じさせる。年齢も近い。

しかし背景に目をうつせば、リヒトとの決定的な違いに気づく。

書籍とフラットファイルの山に埋もれてのほほんと暮らす男と違い、ナチュラルボーン・コレクターは生真面目で几帳面なのだ。

天井近くまであるだろうか。背景は無機質な金属製のラックに埋めつくされ、そのラックは彼のコレクションでさらに埋めつくされている。文字どおり、ナチュラルボーン・コレクターは生粋の収集家だった。

小説、コミックスなどの書籍をはじめ、鉄道模型、アニメのフィギュア、ゲーム、ボードゲーム、パズルなど、その趣味は多岐にわたり、すべての収集品は完璧なまでに整然と隙間なくならべられている。どうやら彼はかなり神経質なうえ、ラックに空きスペースがあることを許容できないなど、空間の余白を極度に嫌う性質のようだった。

そしてそれは彼自身にも同じことが言える。もうすこし自分の内面を吐露してくれたなら、違う対処もできたのだろうが、彼の発する言葉にも余白はほとんどなかった。

「いま、はじめましてと言ったけど、同時に、これがさよならになる予定です。せっかく観にきてくれたのに、ごめんなさい」

そこでナチュラルボーン・コレクターはため息をついた。それが唯一の余白といえる行為だった。

「ずっと一人でした。がんばって耐えてきました。でもそれも、もう限界です。ぼくが誰だか、ぼくがどこにいるのか世界は知らない」

しばらくの沈黙。ナチュラルボーン・コレクターは胡乱な目つきでカメラを見つめている。

「いまから二十四時間後に、ぼくは命を断つつもりです。でももしどこかの誰かが、それまでにぼくを見つけてくれたなら、ぼくはもうすこし生きられるかもしれない」

そして――

「お願いです。誰か、ぼくを助けて」

ナチュラルボーン・コレクターは終始無表情だった。あえて表情を見せないよう努めていたようにも見えた。

やがて彼は震える手をマウスへと伸ばし、配信を終了した。


再生時間は、わずかに一分二十四秒。

何度見ても心が締めつけられる。通信回線の両側が重苦しい沈黙に包まれたが、リヒトがそれを破った。

「気に入らないなあ」

「気に入らない？　どういうことです」

「だってそうだろ。他人を巻きこんで。なんだよ、ぼくを見つけてくれたなら、ぼくはもうすこし生きられるかもしれないって。甘えるんじゃない。死にたければ、勝手に一人で死ねばいいんだよ」

他人のことを言えた身分でもないのに、リヒトは怒っていた。毒舌が止まらない。

「過保護な親も親なら、警察も警察だ。自殺を脅しにつかうようなかまってちゃんは、ほうっておけばいいんだ」

言いたいことはわかる。が、自分のことは棚に上げて、よくそこまで冷たくなれるものだとも思う。

「ナチュラルボーン・コレクターは、あなたと同じひきこもりなんですよ」

「ぼくと同じ？　同じにしないでくれ。第一、ぼくはひきこもりじゃない。ぼくは鬱陶しい世の中と距離を置きたくて、孤独が好きで、あえて外に出ないんだ」

ひきこもりの定義に妙なこだわりがあるようだが、相手にしないほうがよさそうだった。

「それでぼくは、彼の居場所を探ればいいのか」

「お願いします」

「動画の撮影場所は自宅だね。ホルツマン、きみ、そこにいるのか」

「はい」

「ぼく、そこがどこなのか、わかるよ」

わたしは動画配信サイトの管理者としてその権限を最大限活用し、オフラインのデジタルデータを解析するため、ナチュラルボーン・コレクターの自宅にいる。たまたまそこが判治邸の近くだったため、助けを求めようと決断したのだ。

リヒトにしてみれば、向かっている先が動画の撮影場所であることは、説明がなくても容易に想像できるはずだ。だがそんな状況証拠など関係ないとばかりに、彼は強気だった。わたしは興味をもった。

「では、ここはどこでしょう」

「松戸だね」

　一瞬言葉を失った。プライバシー保護のため、くわしい行き先は告げられていないはずだ。

「どうしてわかるんですか。矢野さん？」

「おれはなにも言ってねえ」

「はあ」リヒトのため息はスマートフォンを震わせるほどに大きかった。「これだけヒントがあって特定できないほうがおかしいよ。どうせきみたちは発信者情報やらデジタルデータしか見てなかったんだろ」

「ではあなたにはなにが見えたんです？」

「ナチュラルボーン・コレクターは自分の居場所を特定してもらいたくて、動画のいたるところにヒントを散りばめている」

「たしかに自分を見つけてほしいというニュアンスでしたが、特定を望んでいるようには……」

「面倒なことに、彼が本当に望んでいるのは自殺じゃない。誰かが自分のために一生懸命になってくれることなんだ。その証拠に鉄道模型があるだろ」

　画面を確認するとラックの上から二番目の棚には、コミックスを背にしてNゲージというのだろうか、鉄道模型が横向きに置かれている。クリーム色で個性的なフォルムをもち、パンタグラフがないことからディーゼル機関車のようだ。

「ラックにはたくさん書籍があるのに、鉄道関連のものは一つもない。ボードゲームやアニメのフィギュア、パズルのたぐいはたっぷりあるのに、鉄道模型はそれだけ。なぜなら彼は鉄道マニアではないから」

わたしは周りを見回した。動画の背景になっていないコレクションについても、見る限り鉄道関連のものはない。

「では、この鉄道模型は？」

「その鉄道模型は自分の住居、つまり撮影場所を特定してもらうために、あえてそこに置かれているんだよ。ちなみにその機関車はブルドッグの愛称で知られるキハ81。一九六〇年代の短い期間に二十六両しか製造されていない」

わたしはただちに検索を開始した。音声しかとどかないためリヒトの様子はわからないし、わからなくてよかったとも思う。検索なしにここまでの知識を披露したとは、考えたくなかったからだ。

「それでなにがわかるんです？」

「二十六両しか製造されなかったということは、運用された路線も限られるということ。キハ81は、ナチュラルボーン・コレクターがその路線沿線に住んでいることを示すヒントなんだ」

　検索の結果、キハ81は次の四区間で運用されていたという。

「ひたち」「はつかり」　常磐線（上野―青森間）
「つばさ」　東北・奥羽本線（上野―福島―秋田間）
「いなほ」　上越線・羽越本線他（上野―新潟―秋田間）
「くろしお」　紀勢本線（名古屋―天王寺間）

　路線が限られると言われても、範囲が広すぎる。

「あまりに範囲が広くて途方に暮れているんだろ」

「ええ、情報としてはほとんど意味がないような気がします」

「もちろん、その範囲をさらにしぼりこむヒントもある。動画の背景にあるコミックスには、とある共通点が存在する」

「ごめんなさい。わたしは漫画にくわしくありません」

「じゃあ、聞いていてくれ。背景にあるコミックスの共通点、それはすでに完結して単行本の最終巻が発売されていることだ。熱心で几帳面なナチュラルボーン・コレクターは、ほとんどをフルコンプしている。ただしキハ81のうしろにある『闇金ウシジマくん』とその左にある『シティーハンター』を除いては」

わたしは画面をたしかめた。『シティーハンター』は三十四巻、『闇金ウシジマくん』は四十五巻まである。

「両方とも抜けている巻はありませんよ」

「それはそうだよ。途中で抜けていたら誰でも気がつくからね。ナチュラルボーン・コレクターは意地が悪いんだ。『シティーハンター』は三十五巻、『闇金ウシジマくん』は四十六巻で完結している。つまりそれぞれ大事な最終巻がない。ありえないだろ」

「三十五と四十六、３５４６。この数字がヒントなのですか」

「うん、そして路線は文字どおり線だ。日本地図を想像してほしい。日本列島に走る常磐線、東北・奥羽本線、上越線・羽越本線、それから紀勢本線という四つの線。３５４６という数字をつかって、その路線上にある特定の位置を示すには、線と線を交差させるのがもっとも合理的だ」

「つまり３５４６は線……」

「地図上で位置をあらわす線といえば？」

「latitude and longitude……」咄嗟のことで日本語が出てこなかった。

「そのとおり、緯度と経度。日本地図上で３５４６という数字を活かそうとすれば、北緯ということになる」

　わたしはノートパソコン上に日本地図をひろげ、北緯３５度４６分に日本列島を横断する線を引いた。

　上越線・羽越本線はその線よりはるかに北にあり、紀勢本線は南にある。横の線と交差するのは常磐線と東北本線。交差した付近にある駅は——

「赤羽と松戸だろ」

　リヒトが言った。

「そしてキハ81が置かれているのは向かって右側、『闇金ウシジマくん』の前、ラックを地図に見立てれば、東。ホルツマン、確認してほしい」

「確認？　なにをです？」

「そこにあるキハ81のトレインマーク——先頭車両のプレート。横向きに置かれているので、動画では確認できない。ぼくの推理が正しければ、常磐線松戸駅を経由していた『ひたち』、もしくは『はつかり』のはずだ」

　信じられない気持ちで鉄道模型を手にとった。先頭車両の正面には、米粒よりも小さな文字で「ひたち」と記されていた。

　まったくのこじつけだ。

　パトカーが柏の近郊に向かっているのは容易に想像できるはずだし、「はつかり」

「つばさ」「いなほ」「ひたち」「くろしお」の五択だって、五分の二の確率がたまたま当たったにすぎない――そう思ってしまいたかった。

「まだ信じられないみたいだね」

黙りこんだわたしに、リヒトが陽気な口調で現実を突きつける。

「例えばフィギュアの棚にあるアルテミス。彼女が持つ矢の向きと陰陽五行を組み合わせれば、完全な住所の特定も可能だけど、パトカーの中って思った以上に検索に不向きでね。ぼく、酔いやすい体質だし、いまはこれが精いっぱい」

やはり検索なしにここまでの推理を組み立てたのか。わたしは現在の居場所を特定するために浪費した、半日を呪った。

「もう残りは六時間しかない。発信者情報なんかに頼らず、最初からぼくに訊けばよかったんだ」

リヒトの言葉が追い打ちをかける。認めたくなかった事実だが、一人の命がかかっている。打ちひしがれてはいられない。

「それにしても、どうしてナチュラルボーン・コレクターはここまで手の込んだことを？」

「簡単だよ。視聴者を謎解きに夢中にさせて、自分の存在を世の中に知らしめるため。だがきみたちが彼の望みを絶ち切った」

「どういう意味ですか」

「この動画は閲覧禁止になったんだろ」

「もちろんです。ビットクルーが定めているポリシー、利用規約に違反したためアカウントは凍結されました。特に自殺を示唆する動画は、模倣される恐れがありますから」

「そう、その判断は正しい。ナチュラルボーン・コレクターも、当然凍結は予想していただろう。だが想定外に閲覧禁止となるのが早かった。彼の計算では、この動画はもっと拡散されて、日本中のいわゆる『特定班』が食いつくはずだったんだ」

「ですがそんなことをしたら、個人情報がネット上にばらまかれて、今後の生活に影響してしまいます」

「今後の生活？　そんなこと考えていたら、自殺予告なんて遊びはできないよ。死んでしまったら心配する必要もないし」

〝遊び〟という表現が引っかかった。自殺予告という設定を徹底したければ、プライバシーを犠牲にするのもいとわないことは、理解ができる。そうだとしても……

リヒトがため息まじりに吐き出した。

「あーあ、こんな面倒臭いヤツ、好きにさせればいいんだよ。閲覧禁止なんてお節介なことしないで。誰にも知られず死んでしまうのも、誰かに助けられてデジタルタトゥーに悩まされる人生を送るのも、彼の勝手じゃないか」

「では、リヒト。あなたはわたしたちの対応が間違っていたと言いたいのですか。ナチュラルボーン・コレクターを模倣して死を選ぼうとする誰かを止めることが、間違っていたと？」

わたしはいつになく感情的になっていた。リヒトのゲームをしているような軽いノリと薄情さに、腹を立てていたのもたしかだ。疲れてもいたのだろう。いま言い争ったところで、なんの救いにもならないはずなのに。

「おまえら、いい加減にしろ。ほら、もうすぐ現場につくぞ」

若輩者二人の不毛な論争に終止符を打ったのは、痩せても枯れても最年長者である、矢野の怒号だった。

そしてわたしの耳にも、パトカーのサイレンがとどきはじめた。

＊　＊　＊

ナチュラルボーン・コレクターの父親を名乗る人物から知らされたそこは、松戸市の中心部にある高級マンションの707号室だった。

リヒトは玄関ドアから顔をのぞかせた途端、呆気（あっけ）にとられたように目をみはった。

そろりと住居の深部に歩みを進めながら、天井から床に至るまで忙しいまでに目を走らせる。

　無理もない。動画の背景にあったぎゅうぎゅう詰めのラックですら、コレクションの一部でしかなかったのだ。

　壁という壁はスチール製のラックで埋め尽くされていた。広めのリビング、さらにはダイニングにさえも、人がやっと通り抜けられる通路を残して、浮島のようにラックがそびえたっている。

　そしてあらゆる棚には収集品が隙間なく押し込められていたが、いまとなっては、ナチュラルボーン・コレクターの所在を追い求める複数の捜査員の手によって、その多くが取り除かれていた。

「すげえな。ラックごとに収蔵目録まであるのか。ぼくには絶対無理だな」

　ナチュラルボーン・コレクターの並はずれた几帳面さにリヒトが舌を巻いた。蓬髪(ほうはつ)に紺色のパーカーが、実年齢よりも幼く見せる。

「住居は707号室ですが、隣の706号室もコレクション専用の倉庫になっています。そこにもここにある以上の膨大な量のコレクションがあって、いま警察の皆さんが捜索しています。あとで案内しましょう」

「別に案内しなくてもいいよ」

あまりの収集物の多さに食傷したのか、なぜかリヒトは興味なさげだった。

「それにしても、ひとり暮らしのひきこもりなんだろ。なんでこんな高級マンションを二戸も持てるんだ？」

「実家が資産家で、その資産を株式のデイトレードで運用しているようです」

「うへえ、ますます気に入らない。生まれつき金持ちで、さらに金儲け（かねもう）をして趣味三昧の生活を満喫している人間が、他人の同情を煽って自殺だなんて。世の中どうかしてる」

同じくひきこもりで、借金を背負いながらも自殺とは程遠い男が、頭を掻きむしりながら嘆いた。

「リヒト、本来なら禁止されているのですが、緊急事態です。ナチュラルボーン・コレクターの個人情報を開示します。本名は井上佑（いのうえたすく）、二十三歳。職業はいま言ったとおりデイトレーダーです。わたしたちは父親から聞きだした情報をもとにここを訪れたのですが、井上はこの事態を予測していたらしく、クロークには自分を訪ねてきた者すべてに部屋を公開するよう指示が出ていました」

「それはそうだよ。自分のコレクションを誰かに見せたくてたまらなかったんだから。それで、ほかにもぼくに言わなくちゃいけないことがあるだろ」

「なにを、です？」

「とぼけないでくれ」

一喝するとリヒトは矢野に向かう。

「井上くんはたかが自殺予告一つで警察を振り回し、ビットクルーを動かし、ぼくを引きずりだした。ただの金持ちじゃないんですよね」

「それは……」こめかみを掻きながら矢野が口ごもる。

「通報は父親からだった。ということは、その父親が関係していますね」

「井上の父親は、某上場企業の重役だ」

「おっ、新事実。でもそれだけではぼくを納得させられませんよ。まだ隠している。上場企業の重役だからといって、誰にでも警察に影響力があるわけじゃない。どうなんです？」

「まいったな」リヒトの尋問は執拗で、矢野はついに音を上げた。「わかっていると思うが、絶対に他言するなよ。井上佑の父親は上場企業の会長職に就きながら……」と前置きする。

「警察の監督官庁である国家公安委員会の、五人しかいない委員の一人なんだ」

「あーあ、やる気出ないな。金だけじゃなく、親の七光りまであるのか……」

決定的な事実の開示に一応は納得したのか、リヒトはぶつくさ言いながらも本来の業務にとりかかった。

「それでホルツマン、きみがわざわざここにきたのは、井上くんのパソコンにオフラインのデータが残っていないか、確認するためなんだろ。なにか見つかったか」

「いいえ、行き先を特定できるようなログは残っていませんでした」

「これだけモノであふれていたら、とてもじゃないがやってられない。あと六時間しかないんだぞ」

苛立ちをあらわにする矢野に、わたしは「正確にはあと五時間十二分しかありません」と応えた。期限は午前零時、時刻は午後六時四十八分を示している。

「ホルツマン、動画が撮影されたのはどこだ」

わたしはトリプルディスプレイのデスクトップパソコンがおかれたデスクを指差した。リヒトはデスクには目もくれず、その背後にあるラックの前で固まった。

「矢野さん……ここにあった井上くんのコレクションはどこへいきました？」

「どこへって、居場所のヒントを探してるんだ。その辺りにあるだろ」

「至急全部もとの位置に戻してください。寸分違わず動画のとおりに」

「急にどうした？」

「井上くんの居場所を特定するヒントはここにあります」

「本当か？」

矢野は眉間にしわを寄せながら、しぶしぶ近くにいた捜査員に声をかけた。その捜査員も表情を曇らせて、疑心暗鬼を隠さない。

ラックを完全にもとの状態にするには、相当な時間と手間がかかるだろう。ただでさえ親馬鹿国家公安委員と道楽息子に振り回されて、捜査員の士気が低い。部外者の命令に従うには、説得力のある理由が必要だった。

「リヒト、時間がありません。どうしてここにヒントがあると？」

「ひたち、シティハンター、闇金ウシジマくん、アルテミスのフィギュア――撮影場所を特定するために必要なヒントは、すべてこのラックにあった。だから最後の居場所のヒントもここにある。ただしいままでとは違い、これだけは実際に現場にいかなければ、わからない仕様になっているはずだ。でなければ撮影場所を特定させる意味がない」

「都合よく考えすぎではありませんか。ヒントを隠す場所はいくらでもあるんですよ」

「そうだ。井上の目的が誰かにコレクションを見せることだったら、ここ以外の場所も候補にはいるのが当然じゃないのか」

矢野がわたしに同調した。彼もまた、残り時間がすくないなかでタイムロスは避けたかったのだろう。

「どう考えても無理なんですよ」

リヒトが強い口調で言い切った。

「ここにあるコレクションは一人や二人の手で調べられる量じゃない。逆にもし大人数が押し寄せて、それぞれが好き勝手に漁りはじめたら、せっかくのヒントが台無しにされてしまうかもしれない。いくら収蔵目録があっても、元どおりにはできない。いま、この現状がまさしくそうじゃないか」

わたしは周囲を見回した。

整然とラックに敷き詰められていた小説、コミックスのたぐいは、いまや床に山積みにされている。ボードゲームやフィギュアなど嵩のあるコレクションは、部屋の隅にまとめられていた。

なるほど、これで井上が発した繊細なシグナルを感じとるのは、不可能にも思えた。

わたしを見ながらリヒトが続けた。

「でも、このラックだけはどんなに荒らしたとしても、原状復帰が可能だ。なぜなら手本がネットに残っている」

「おまえの言い分はわかった」矢野はため息を漏らしながら「だが推測にすぎない。なにか裏付けはあるのか」

「動画のカメラの位置ですよ」

「カメラの位置？　どういうことだ」

リヒトがデスクトップパソコンに備えつけられたウェブカメラを指差す。

「編集もせずただコレクションを見せつけたいだけなら、カメラを固定する必要はない。撮影はスマホで十分なんだから、すべてのラックが映るよう歩きながら配信すればいい。ぼくだったらそうする。でも井上くんはしなかった」

わたしたちは沈黙した。たぶん矢野もわたしと同じ思いを抱いていたのだろう。やがて矢野があきらめたように口火を切る。

「それだけか?」

「それだけです。いけませんか」リヒトはまっすぐ矢野の目を見ていた。

「かなり弱いな」

たしかに弱い。わたしも同じ意見だった。だからといって膨大な収集品を手あたり次第に調べたところで、井上の居場所が特定できるとも思っていない。大人数で散々捜索しておきながら、なに一つヒントを見つけられなかったのだから。

「迷っている時間はありませんよ」

まだ迷っていたはずだが、わたしはなぜか口にしてしまった。リヒトに期待しているのだろうか。

「これは賭けだな」矢野も腹を決めたようだった。

「賭け?　心外だな。きわめて合理的な解法ですよ」

つかの間の笑顔を見せたリヒトに、わたしたちはすべてを託した。

＊＊＊

「これで完全に再現できたはずだ」

手にした静止画のプリントアウトと実際のラックを見くらべて、矢野が最終確認をした。作業にはわたしと矢野と捜査員二人があたり、およそ三十分もの時間を費やした。

そのあいだリヒトは手伝うわけでもなく、デスクと対になったリクライニングチェアに体をあずけて、正面からただラックを凝視し続けていた。

時刻は午後七時二十九分。

期限まで四時間三十一分あるが、緊急配備に要する時間を考えれば、早いに越したことはない。

「さあ、はじめるよ」

リヒトは号令とともにラックの前に立った。

まずは「ひたち」のトレインプレートを確認すると、かすかに笑みを浮かべる。そしてコミックスが収められた最上段に視線を走らせて、徐々にそれは二段目、三段目へとうつっていく。ときおり気にかかることがあるのか、数冊取り出して、ざっと中身を確認することはあっても、それ以外に目立った動きはない。

リヒトはフィギュアの棚に視線を向けた。先に話題となったアルテミスの矢には特段の興味を示さず、水着姿の女性たちのフィギュアを一つずつ手にとりじっくりと観察した。その姿は、捜索という目的がなかったならば、あらぬ誤解を受けそうなまでに執拗だった。

やがて古今東西のパズルが置かれた区域に目がうつると、リヒトは知恵の輪の一つを手にして、瞬く間にそれを二つにした。また一つを二つにして、また一つを二つにして、を繰り返すうちに、棚には解決済みの金属片がみるみる積みあがっていった。

「おい、あとで元どおりにしておいてくれよ。おれたちには、そんなマネできねえからな」

業を煮やした矢野が声をかけた。勝手に『おれたち』を名乗らないでもらいたかったが、残念ながらわたしにもリヒトのような能力はない。

リヒトは「はいはい」と投げやりな返事をしながら、今度はルービックキューブに手をだした。赤、青、黄、緑、白、オレンジの六色がバラバラに入り組み、一面も揃っていない正六面体を四方八方から眺めてから、両手のなかでくるくると回しだす。

パズルの隣にはモノポリー、スコットランドヤード、カタンの開拓者たちなどのボードゲームが、ほぼ新品のまま収納されている。他人と接触することがなかった井上が、なぜ多人数でプレイするゲームを収集していたのか、わたしには想像することもできなかった。

「ねえ、ホルツマン。パリティって知ってるかい」

ボードゲームのラインナップを吟味しながら、突然リヒトが訊いてきた。知恵の輪ほど簡単ではないのか、いまだ両手はルービックキューブを揃えようとしている。

「どうしたのですか」

「パリティって言葉の意味を訊いているんだ。きみ、英語は得意だろ」

「同等、等価、同率といった、同じであること」

Parity――

前触れなく登場したその言葉に、なぜかわたしの心はざわついた。リヒトの真意は不明だったが、とりあえず答えることにする。

「わたしたちの業界では、特に『パリティをチェックする』という言い回しで、二進数レベルでデータの正誤を比較判定することを意味します」

「また二進法か」矢野がため息まじりに漏らした。

「そうだ、ほかのみんなと同じという状態がパリティだ」

リヒトはなおもルービックキューブを揃えようとしている。

「その意味では井上くんも一般社会から逸脱した、パリティチェックで不可とされた人間かもしれない。デイトレードで生計を立て、これほどたくさんのコレクションを収集し管理する能力がありながら、彼はたった一桁のパリティチェックに引っ掛かり、社会を拒絶したんだろう。でもぼくたちはコンピューターやパズルの中に住んでいるわけじゃない。一つや二つのボタンの掛け違いなんて、なんとでもできるはずなんだ」

言いたいことは理解ができる。だが発言の唐突さは理解に苦しむ。リヒトの饒舌(じょうぜつ)はやまない。

「ぼくは事件を考えるとき、つねにパリティをチェックする。事件の痕跡として犯人が消したくても消せなかったものが、日常には存在しない小さなそれが現場には残されている。犯人はそれを忌み嫌い消そうとし、できなければほかのなにかで覆い隠そうとするだろう。だがぼくはそれをすくい上げる。そして愛(め)でる。だってそれは犯人が残した人間らしさに違いないからだ」

リヒトの目はうつろだった。もはや視線は、コレクションのどれにも向けられていない。漠然としたなにかに憑依(ひょうい)されたかのような彼は、ただ指先だけを動かし続けている。

「リヒト、あなたが井上さんに腹を立てるのもわかります。ですがいまは時間がありません。お願いですからしっかりしてください」

わたしの言葉はとどいているのだろうか。

リヒトの視線はときおりルービックキューブに投げかけられるだけで、宙に漂ったままだ。それでも両手による作業は着実に進行している。正六面体のそれぞれの面には、同色が集合しつつあった。

「パズルをつくるときにも、パリティと言う用語が使われる。せっかくつくったパズルなのに解答が存在しない、もしくは解答が二つ以上存在してパズルの体をなさない。そんな状態が俗にパリティと呼ばれる。本当は逆の意味で、パリティが損なわれている、が正しいんだが」

そう言い切ったと同時に、彼の両手も動作を止めた。

リヒトは振りかえり、両手に包んだまま正六面体をデスクの上においた。

「ルービックキューブの場合、特にこの状態がパリティだ」

ゆっくりと両手が開かれる。

まずは白で統一された一面が見えた。次に青の一面、そして赤の一面。

完成したのか。たしかに六面を揃えるには相応の知性が必要なのだろうが、いかにも難解そうな知恵の輪を一瞬にしてバラバラにする神業を見たあとでは、特別驚くほどのことでもない。

わたしは完成したルービックキューブを手にとった。裏返してみて、やっとリヒトの真意に気づいた。

違う。これは完成品ではない。

白、青、赤の三面はいい。問題は黄と緑とオレンジの三面だ。

九つあるマスのうち八つは黄か、緑か、オレンジで統一されていた。だが問題の三面が接しあっている一角の、それぞれ一マスだけが、黄の面はオレンジに、緑の面は黄に、オレンジの面は緑に浸食されている。

「これは？」

「そうだ。これはパリティ――絶対に六面を揃えることができない、つまり解答が存在しないルービックキューブなんだ」

「どうしてそんなものが？」

「矢野さん、マイナスドライバーはありませんか」

リヒトはわたしを無視して呼びかける。矢野が「マイナスドライバーはどこだ！」と大声を上げた。

マイナスドライバーは捜査員の手から手へと渡り、最後にリヒトがそれを受け取ると、不揃いな一角に突き立てた。やっとわたしの問いに応える。

「パリティは正常な状態のルービックキューブの一角をはずし、間違った向きにはめ直したときに発生する。つまり井上くんは揃っていないこの一角を、故意にはずしたんだ」

リヒトはてこの原理でその一角をはずそうとしたが、見ていられないほどに不器用で、不揃いの一角はびくともしない。

「危ねえな、貸せ」矢野が交代を申し出た。「それにしてもまさしく『動画に映りこんでいながら、実際に現場にいかなければわからない仕様』だな、これは」

「動画を観たときに多少違和感はあったんです。これだけ神経質な井上くんが、バラバラになったルービックキューブをそのまま飾っておくかなって。彼なら六面全部を揃えてからならべるんじゃないかと。でも肝心な一角は動画には映っていなくて、実際に現物を見るまでは、正直自信なかったです」

「自信がなかったって？　じゃあさっき自信満々に『合理的な解法だ』なんて言ったのは？」

「すみません。ブラフです」

リヒトの笑顔と矢野の呆（あき）れ顔が披露されたのと同時に、その一角は離脱した。ぽっかり空いた穴からは、小さな紙片が見つかった。

「見つけてくれてありがとう。ぼくの居場所は……」

紙片には北関東にあるダムの名前が記されていた。

にわかに周囲があわただしくなる。

矢野がスマートフォンを片手に怒鳴り散らしている。緊急配備を要請しているのだろう。捜査員たちも現場の原状復帰と撤収に乗り出した。

主導権は完全に警察へと移り、リヒトとわたしはいつのまにか蚊帳の外にいた。

「整理されていれば誰でも気づく異変も、雑然としていれば誰も気づかない。世の中もそんなもの。井上くんは簡単な真実をバラバラの正六面体に、ただ埋もれさせただけなんだ」

バラバラになった知恵の輪を次々とつなぎあわせていくリヒトの隣で、終わりの風景を見つめた。重圧から解放されてわたしは、その場に座り込んでしまいたいほどに疲れていた。

「矢野さん！」突然リヒトが大声を上げた。

「どうした？」

「これからどうするんですか」

「乗りかかった舟だ。おれも井上のいる現場に向かうつもりだが」

「一緒に連れていってくれませんか」

「うーん」突然の申し出に矢野は困惑の色を隠さなかった。「本当はプライバシーの問題もあるんだが、一応おまえは井上にとって命の恩人だからな。特別だぞ」

薄汚れたコートを羽織り、矢野はもう現場をあとにしようとしている。

「さあ、ぼくたちもいそがないと」

「えっ、ぼくたちって、わたしもですか」

リヒトがわたしの手をつかんだ。胸の鼓動がゆれた。数年来のひきこもりがさらなる遠征とは、大胆なことをする。

「当然だろ。きみが一緒だと母さんが安心する」

「でも、なんのために？」

「それは……」

理由まで問われるとは思っていなかったのだろう。リヒトはしばらく考えて、はにかむように応えた。

「こんな大騒ぎをしたんだぜ。甘ったれのひきこもりを、一発ぶん殴ってやらないと気がすまない」

呆れた。予想外に過激だ。

喧嘩(けんか)の一つもしたことのないひきこもりが、同じひきこもりをぶん殴るなんて、そんなことが可能なのか。それも警察官の面前で。

わたしに反応がないのが落ち着かないのか、リヒトは前髪を気にする素振りをして、こちらの様子をうかがっている。わたしは、その態度を同類見たさの照れ隠しと受けとった。

ナチュラルボーン・コレクターは、すべての謎を解いてくれる誰かを——自分を助けてくれる誰かを待っていた。

会いにいくのも悪くないし、その前にその誰かに一泡吹かせるのも悪くない。

「それで仲良くなれたらいいですね」

わたしの快心の一言に、リヒトの顔はみるみる赤く染まった。

Case 3

撲殺モラトリアム

将を射んと欲すればまず馬を射よ——

中国の詩人、杜甫（とほ）の漢詩からの引用で、日本でもっとも有名な故事の一つである。大きな目標を達成するには、まず周囲にあるものから片付けよ、という教訓らしい。同様のことわざは、わたしが生まれ育った英語圏にもあって、もっとストレートな言い回しになっている。

He that would the daughter win, must with the mother first bigin——

（男が娘を勝ちとりたいと思ったのなら、まずその母親からはじめなくてはならない）

きわめて合理的な判断だと思う。

わたしは、マーケティングなどビジネス面だけでなく私生活においても、この二つのことわざを大切にしている。だからときには、こう読みかえたりもする。

She that would the son win, must with the mother first bigin——

すなわち〝女が息子を勝ちとりたいと思ったのなら、まずその母親からはじめなくてはならない〟と。

　矢野と判治邸を再訪するにあたり、入念な準備をした。

　まずわたしは日本橋室町（にほんばしむろまち）に出向いた。

　ニューヨーク・トライベッカの名店クインビー・チョコレート・ラボが、バレンタインデーを来月に控えて東京支店をオープンすると聞いたからだ。そのニュースはＳＮＳや女性週刊誌でも発信され、特に同店が誇るリッチフレーバー・アソートは、スイーツマニアの垂涎（すいぜん）の的になっているらしい。

　開店は来週なので通常であれば入手不可能な代物だが、わたしの手には、いま、クインビー・チョコレート・ラボの名前がはいったエメラルドグリーンのギフトバッグがあり、その中には瀟洒（しょうしゃ）にラッピングされたリッチフレーバー・アソートが収められている。

　ビットクルーＣＥＯのオリバー・オコンネルとクインビー・チョコレート・ラボのオーナーショコラティエは旧知の仲であり、今回はそのルートを採用した。つかえるコネクションはなんでもつかう、がビットクルーの暗黙の社是だ。当初はトライベッカの本店から空輸する案も検討されたが、ＳＮＳにおける東京支店のインプレッションの急上昇を鑑みて、現地調達する第二案に急遽（きゅうきょ）変更されている。

やはりギフトバッグには〝Nihonbashi Muromachi〟とあったほうがいい。

＊　＊　＊

「ええっ！　これって、いますっごく噂になっているチョコレートでしょ。ニューヨークから上陸って、お昼の番組でもやってたわよ」

判治邸の玄関先で、ギフトバッグを握りしめた和美がきいろい声を上げた。右から眺めたり左から覗きこんだりして、無邪気にはしゃぐ姿が少女のようでかわいらしくもある。

やはり日頃のマーケティングリサーチがものをいう。和美は甘いものに目がなく、流行に敏感な性質だと分析していたが、こうもツボにはまるとは。

「開店は来週ですが、つてがありまして。気に入っていただいたようで、ほっとしています」

開店は来週、と必要のない情報を織りまぜて恩を売る——そこまでしてもまったく心が痛まないのが、わたしの長所である。

「つてって簡単に言うけど、すごいことができるのね。あなたって」

まさか世界に冠たる巨大ＩＴ企業ビットクルーの最高経営責任者が、彼女のために一肌脱いだとは言えるはずがない。

「こんな大層なものをいただいて、なにかお礼ができればいいんだけれど……」

全身で喜びを表現しながら若干の戸惑いを見せる和美に、わたしは満を持して伝えた。

「お気遣いいただかなくても結構ですよ。ですが一つだけ、お願いがありまして……」

「ホルツマン、きみ、目的のためならなんでもやるんだね」

いつものとおり部屋の中央であぐらをかいたリヒトは、まぶたを半開きにして軽蔑の色をあらわにしている。

「ええ、なんでもしますよ」

悪びれずに応えた。なにせなに一つ悪びれることがないからだ。

わたしは立ったままで、代わりに矢野がリヒトの正面、わたしのいつもの特等席に座りこんでいる。今日に限っては、彼が主役だ。

今回の訪問は矢野たっての希望であり、わたしはただの付き添いだったが、その矢野はリヒトの母親である和美から、なぜか疎まれている節がある。入念な準備は和美対策のためにおこなわれた。

和美には「矢野警部補のたっての希望で、リヒトさんには少々お時間をいただきますが、どうかご気分を害されませんように」と念入りに申し入れた。彼女は渋々ながら――クインビー・チョコレート・ラボの威光をもってしても渋々なのだ！　――それを承諾している。話なかばでお茶を差し入れて、内密な相談に水を差すといった事態もおこらないだろう。そこまで配慮して手に入れた貴重な時間だった。

「とある事件について、おまえの意見が訊きたいんだ」

ぶっきらぼうに切り出した矢野は、わたしの労苦をまるで理解していないように見えた。それでも表情には翳があり、リヒトの力を借りて悩みを解決できればよいとは思う。

矢野は警察の窓口になっている。なるほどオリバーにとって、警察機構は〝将〟で矢野が〝馬〟ということなのか。

「先週ウチの管内でおきた殺人事件のことは知っているな」

「ん？　そんなのあったっけ？」

やる気のない返事に驚いた。極東ソフトコマース社長殺人事件では、四か月前に直撃した台風の中心気圧を語るなど、リヒトは驚異的な記憶力を見せたのだ。なのに先週おきた事件は知らないと言う。矢野もわたしと同じ思いを抱いたのだろう。

「えっ、資産家のじいさんが殺された事件、ワイドショーでガンガン放送しているぞ」

「残念ながらテレビは見ないんで。うーん、そんな事件、あったような、なかったような……思い出せないな」

「実の娘が自分が犯人だって、その場で自首した」

「ああ、それでおぼえていないんだ」

それでおぼえていない、とはどういう意味だろう。表情には出さなかったつもりだが、わたしの疑念を感じとったのか、リヒトが食いついた。

「あのさ、ホルツマン。ぼくのこと、誤解してない？」

「誤解？　なんのことでしょう」

「犯罪だったらなんでもウェルカムってわけじゃないんだよ。犯人が自首して、円満に解決したんだろ。なに一つ謎のないつまらない事件のために、ぼくの大事な記憶領域を割くのは社会的な損失だと思わないか」

いろいろ御託をならべているが、要するに興味がないので忘れてしまったということだろう。むきになるところが、実にこどもだ。

「犯人が自首して本当に解決したのであれば、おれだって気にしない」

「というと、矢野さんは事件が解決したとは思っていないんですか」

「そこまで言い切るつもりはない。本部長はこれ以上掘り下げるつもりはないみたいだしな。でもすっきりしないのもたしかだ。でなければおまえのところに来たりなんかしない」

極東ソフトコマース社長殺人事件と自殺予告配信事件——二つの事件を解決に導いたリヒトの実力を、矢野は明らかに認めている。だが警察官と一市民という立場の違いから、それを表明できない。そのジレンマが言葉の端々からにじみ出ていた。

「仕方がないな。じゃあ、資料を」

リヒトが右手を差し出したが、矢野は動かない。

「どうしたんです？　資料を見せてください」

「それが……ないんだ」

「ない？　どういうことです？」

「捜査本部から持ち出せなかったんだ」

「持ち出せなかった？　ホルツマン、きみがついていながらどういうことだ」

「残念ながら今回の訪問の目的は、正式な捜査協力要請ではなく、矢野さんの個人的な相談です。それで資料を持ち出せば、職務規定違反で処分の対象になってしまいます」

もちろんわたしは、ビットクルーの威を借りて捜査協力を申し出たが、警察は断固としてこれを拒否している。マスコミに一分の失態も見せないために、余計な口出しをされたくないのが本音のようだ。

「じゃあ、ぼくはどうすればいいんですか」

「大丈夫だ。メモをとっているし、現場写真の何枚かはスマホにコピーしてきた」

矢野がひろげたメモ帳には、ミミズののたくったようなこまかい字がびっしりと書き込まれている。

「読めない……下手な暗号よりもたちが悪い」

顔面を引きつらせて、ここまで不安げなリヒトは初めて見た。

「そうか、だったら口頭で説明するしかないな」

矢野は軽く言ってのけたが、正式な資料と個人のメモでは情報量が違う。リヒトは矢野の口から語られるあいまいな情報だけをヒントに、真相を見極めなくてはならない。

「自信ないけど、とりあえず話は聞かせてもらいます」

「それでいい。とにかくおまえの意見が訊きたい。もし間違っているのはおれだ、と言うのであれば、それはそれでかまわない」

そして矢野は事件の概要を語りはじめた。

先週の火曜日の早朝、柏みなみ署に女の声で通報があった。

現場は柏市中心部にある古めかしい屋敷だった。矢野を含む警察官たちが邸内を捜索したところ、一階の寝室で高須忠彦（84）の死体を発見する。ベッドの下に横たわった死体の後頭部には、打撲による裂傷があり、のちの検死で致命傷と判明した。

高須家には、被害者の忠彦と通報者である長女の高須喜久代（58）、次女の春子（55）の三人が暮らしていた。ただちに姉妹の聴取がおこなわれると、春子は泣きながら、自分が忠彦を殺したと言う。喜久代は、混乱の極みにあった妹の代わりに通報したのだった。

前日の午後九時半ごろ、春子は普段どおり忠彦の就寝の介助をしていた。忠彦は高齢で、数年前に脳疾患を患ってからは、車椅子を利用するなど歩行も困難な状態だった。三年前までは、忠彦の妻である民江が介助役を担っていたが、民江が急逝すると、それからは長年世帯をともにしてきた姉妹が面倒を見るようになった。

だがその面倒を見るという行為が、一筋縄ではいかなかった。

「金銭面で困っていたわけじゃない。高須家は駅前に不動産賃貸物件をいくつも保有する資産家だからな。問題は忠彦の性格だ」

矢野が言うには、忠彦は若いころから口が悪く、ときに暴力で相手を従わせようとする独善的な性格だった。妻を亡くしてからその傾向はさらにひどくなり、些細なことで激高してものを投げつける、殴りかかる、足蹴にするなどを繰りかえした。忠彦は大柄で暴れだしたら手がつけられない。姉妹は神経をすり減らしながら耐え忍んできたという。

二人は一日交代で介助をしていた。春子が担当したその日も、忠彦は癇癪をおこした。車椅子からベッドへの移乗に不満があったのか、怒号を上げると同時に、背中を支えていた春子に肘鉄を食らわせた。

転倒して床に投げ出された春子に、なおも忠彦はベッドの上から罵声を浴びせた。悪罵の対象は、介助そのものから春子の日頃の生活態度、言葉遣い、父親への敬意のなさなど些細な話題にうつっていく。

それまでどんなに苦しくても耐え続けてきた春子だが、やがて窓際の花瓶を指差しながら忠彦が発した一言には、ついに堪忍できなかった。

『民江はわしのために花を活けてくれたが、がさつなおまえはそんなことすらできん』

忠彦が大きなため息をついて天を仰いだ瞬間、春子は衝動的に空の花瓶を手にとった。そして忠彦の後頭部に叩きつける。あたりには血しぶきが飛び散り、春子は返り血を浴びた。ガラス製の花瓶は粉々に砕け、破片が部屋中に飛散した。

忠彦は打撃の勢いで床に転げ落ち、そのまままったく動かなくなった。

その後、事件はマスコミにより大々的に報じられた。

仕事もせず悠々自適に暮らせるほど裕福な一家ですら、老人介護とモラルハラスメントの闇からは逃れられないのか。時代を反映したセンセーショナルな悲劇に、世間の同情は一身に春子へと向かい、いまも高須家は取材陣に取り囲まれているという。

「話の腰を折って申し訳ないんですが」

ずっと聞き入っていたリヒトが口をはさんだ。

「事件があったのは月曜日の夜のことですよね。でも通報は次の日の朝。そのあいだ、なにがあったんですか」

「それも気になっている点なんだよ。まあ、聞いてくれ」

我には返ったものの、春子は依然混乱の極みにあった。頼れるのは身内だけだと、わんわん泣きながら二階の姉の部屋のドアを叩いたが、「お父さんが、お父さんが……」と繰り返すばかりで要領を得ない。喜久代は春子とともに忠彦の部屋を訪れて、やっと事態を把握した。

喜久代は以前看護師をしていただけに、血まみれでぴくりとも動かない忠彦を見ても冷静だった。首筋で脈を測り、絶命していることを確認する。そして「警察に……救急車を……」と騒ぎたてる春子に、いまさら救急車を呼んだところで忠彦は助からない。まずは風呂にはいって冷静になれと勧めた。

「風呂?」リヒトが顔をしかめた。「父親を殺した直後に、風呂ですか」

「春子はあまりに混乱していたため、そのときのことを断片的にしかおぼえていなくてな。供述のほとんどが姉のものだ。喜久代が言うには、それだけパニックに陥っていては、事情聴取でありもしないことや自分に不利になることも話してしまうかもしれない。冷静になるためまずは返り血を風呂で落として、それからゆっくり考えよう、と諭したそうだ」

「ふうん、なんだか悠長な気もするけど、血だらけだったら落ち着こうと思っても落ち着けないか。ありえなくはないかな」

助言の甲斐（かい）あってか、風呂で身を清めた春子はいくぶん落ち着きを取り戻した。そして自室に戻り、そこで喜久代と一晩を過ごしてから通報にいたる。

「仲のよい姉妹ですね。二人ともいい歳だけど、ずっと屋敷で暮らしていたんですか」

「妹の春子はそうだ。高校を卒業してから一度も就職せず、独身のままずっと屋敷で暮らしている。うらやましいことに、カネがあるから生活の心配がいらねえんだ。性格はおっとりしていて、世間知らずのお嬢さんがそのまま年をとった、という感じだな」

「じゃあ、姉の喜久代は？」

「看護師として就職したあと、職場で医者と結婚して一度は家を出ている。だが、妹と違って鼻っ柱の強いタイプのお嬢さんでな。夫とはそりが合わなかったんだろう。三年も経たずに離婚して、高須家に戻ってきた。喜久代がまだ二十代のころで、それから約三十年間働きにも出ず、両親の忠彦と民江、妹の春子の四人で暮らしてきたんだ」

「それが、母親の民江が死んだことで均衡が崩れた……か」

「事件の大きな流れは話した。あとはなんでも訊いてくれ」

　矢野がそう締めくくったときには、リヒトは遠い目をしてすでになにかを考えはじめていた。あぐらをかいたふとももを肘の支点にして頬杖（ほおづえ）をついている。生気の感じられないそのままの姿勢で訊いた。

「それで矢野さんが気になっている点とはなんです？　まず聞いているのは、犯行から通報までタイムラグがあること。しかも春子は風呂まではいっている」

「そうだ。だが不自然な気はするが、おまえも言ったとおり、ありえない話ではない。現に犯罪をおかしてから本人が通報するまで、時間がかかることはよくあるんだ」

「で、ほかには？」

「春子と喜久代の供述に温度差がありすぎた」

「温度差？　どういうことです？」

「冷静になってから通報したはずなのに、春子の供述は極めてあいまいだった。場合によっては時系列もめちゃくちゃで、死んだはずの忠彦が通報直前に再登場したりして、聴取には苦労した」

「人を殺して混乱していたんだから、記憶が定かでない事態もありえますよね」

「ああ、春子の供述しかなければ、おれもそう思っただろう。だが逆に喜久代の供述は、はっきりしすぎていた。春子がどのように忠彦を殴打したのか、殴ったのは午後九時二十五分、自室を訪ねてきたのは九時四十分といったように、時刻まで詳細に語っている。特に忠彦殺害の様子はおれたちと同様、また聞きのはずなのに、まるで自分が犯行当時に現場にいたかのような口ぶりだ」

「おっとりした妹の代わりに、しっかり者の姉が代弁することもあるでしょ。身内同士のほうが話しやすいんであれば、警察が訊きだせないことを知っていてもおかしくないし。特別変な話だとは思わないけどなあ。矢野さん、いったいどうして引っかかるんです？」

「それは、その……刑事の勘だ」

矢野は真っ赤な顔で言い張った。膝の上で両の拳を握りしめている。

わたしはすっかり不安を感じていた。

二人のやりとりのなかで、まず矢野が自論を述べて、リヒトが疑問を呈して、矢野がリヒトの指摘に一旦は同意して、それを『だが』で反転しようとする展開が多すぎる。というより、すべてがその展開だった。

弱い。弱すぎる。

わたしたちは、矢野の思い込みに振り回されているのでは——

「刑事の勘ですか……」

ため息まじりの一言で、リヒトも苛立っているように見えた。それでもこどもにしては、精いっぱいおとなびた対応だったと評価したい。

「まだほかにもあるんでしょうね。春子が犯人だとすっきりしない理由が」

「あるとも、これが一番重要な点だ」矢野が鼻息を荒くした。

「だったらさきにそれを言ってくださいよ！　頼みますから」

「凶器の花瓶だが、本当にあんなもので人が殺せるのか」

「ということは、凶器の強度に疑問を感じている、と」

「そうだ。これを見てくれ」

差し出されたスマートフォンには、花瓶の画像が表示されていた。

これが凶器なのか。

花瓶はガラス製で背が高く、口が広くて底がせまい形状だった。座りの悪い形、と表現することもできる。表面に凹凸はなく、なめらかでシンプルな輪郭だが色合いは複雑で、深い青と曇りのない透明が入り交じりコントラストをなしている。多少値の張る一品であることは間違いない。矢野が言うには、三十五年前から高須家にあったそうだ。

「うーん、画像だと大きさがよくわからないな」

「高さは二十七センチ。人を殴るには手ごろなサイズだな。だが底を除けば、ガラスの厚みは最大でも一センチしかない。社長室や組事務所の灰皿とは訳が違うんだ」

「社長室？　組事務所？　それはどういう意味ですか」

重要な指摘に違いないと思いわたしが尋ねると、矢野は困った顔で答えた。

いわく、一昔前の刑事ドラマでは、悪徳社長や暴力団幹部がふんぞり返るソファーの前には、大振りで頑丈な灰皿がこれみよがしに置かれていたらしい。社長なり幹部が債務者やら組員を突き放すと同時に、逆上した彼らがその灰皿で殴りかかるのが様式美だったそうだ。

ただそんな古き良き伝統も、企業におけるコンプライアンスの励行、暴対法による非合法組織の弱体化、急速に進む嫌煙志向により風前の灯火となっているとのこと。

……本題からずいぶん話がそれてしまった。とにかく矢野が強調したかったのは、ダイヤカットがはいった重厚感のある灰皿であればともかく、厚さ一センチしかないスリムな花瓶で人を殺せるのか、という一点だった。

「花瓶は百以上の破片になった。百以上だ。これがどういう意味か、わかるよな」

「それだけ衝撃が吸収されたということですね。では、この花瓶が凶器ではないと言いたいんですか」

はじめて共感できる意見が出たが、肝心の矢野がなぜか「そうは言っていない」と否定する。

「後頭部の打撃痕と花瓶の形状は完全に一致している。花瓶が凶器なのは間違いないんだ」

「ということは……」

煮え切らない矢野の言動に、ついにわたしは口をはさんだ。

「花瓶は人を殺せるほど頑丈ではない。しかし実際に殺人は成立してしまった。でしたら不運にも打ちどころが悪かった、という結論になりませんか」

「上の連中はその線で押しとおすつもりだ。なにせ春子が『自分がやった』と自白している。だがおれは到底納得できない。あんな弱々しい凶器で頭蓋骨を陥没させられるもんか。もし仮に運、不運で生死が左右されたとしても、疑念があればもっと慎重に検証されるべきだろ」

矢野の意見には一理ある。だが犯人が明々白々の状態で、これ以上の検証は時間と経費の無駄、とする警察組織の考えもわからないでもない。

「あのお、すみません」リヒトが眠気を誘うような声で呼びかけた。「ぜんぜん違う話ですけど、訊いていいですか」

「なんだ」と矢野。

「さっきのスマホの画像、あれ、カタログ写真とかじゃなくて、誰かが実物を撮影したんですよね」

「実物じゃない。実物とまったく同じものを、おれが撮影した」

「矢野さん、さっき花瓶は三十五年前から高須家にあったと言ってましたよね。メーカーはわかっているんですか」

「残っていた底の刻印からわかったんだが、同じ花瓶はとっくに廃盤になっていたよ。在庫も残っていなかった」

「三十五年も前のものだったら、そうなっていても不思議じゃないですよね。そして肝心な凶器は粉々になってしまった。なのになぜ矢野さんは花瓶を撮影できたんですか。なぜ警察は打撲痕と実物の形状を同定できたんですか」

もっともな疑問だ。簡単に中古品を入手できるとも思えない。似たような花瓶を見つけられたとしても、くらべるものがなければ同じだと断定できない。リヒトはさらに質問を重ねる。

「そもそも三十五年前って、どうして入手時期がはっきりしてるんですか。そんな昔のこと、おぼえているものでしょうか」

「春子が言うには、花瓶は、三十五年前におこなわれた結婚披露宴の引き出物だったんだ。高須姉妹の母方のいとこが新郎でな。いとこの実家に残っていたものを、おれが拝借したんだ」

「へえ、結婚披露宴ってこんな大きな花瓶を配るんだ」

「おれも知らなかったが、一昔前は記念品として人気があったみたいだな。結婚した二人をいつでも思い出してもらえるよう、一種のオブジェとして、花瓶のような大きなものを配っていたんだ。ただし同じオブジェは二つもいらないので、祝儀袋のぶんだけ配られるほかの引き出物と違って、一家に一つだけだったらしい」

わたしが知らないのは仕方がないとしても、年長者の矢野も知らなかったのであれば、派手なオブジェを配る風習はいまは廃れているのかもしれない。

「一家に一つだけか。それにしても高須家にしろ、そのいとこの実家にしろ、三十五年前の花瓶をよくもっていましたね。ぼくだったらすぐに割って壊しちゃいそうだ」

「民江もそうだが、いとこの実家も物持ちがよいみたいだな。母方はそういう家系なんだろ。ある意味、我慢強いというか。そうでなければ、忠彦みたいな男と暮らせないかもな」

「なるほど、そうかもしれませんね」リヒトがさして興味なさげに同調した。「それで花瓶のほかに、気になることはありますか」

「以上だ」

「では、矢野さんが不審に思っている点は、全部で三つということですね」

矢野が首肯した。整理するとその三点とは、

①　自首した春子よりも通報した喜久代の証言のほうが、はっきりして具体的であること。
②　殺害から通報まで一晩のタイムラグがあること。
③　凶器の花瓶が殺人を完遂させられるほど、頑丈な作りには見えないこと。

そのうち①と②は、刑事の勘がベースになっているという。

矢野には申し訳ないが、これで事件の結末に物申すのは、考えすぎというのがわたしの偽らざる思いだった。

「おまえの言いたいことはわかる。だが一つ一つは決定打にならなくても、これだけ不審な点があるのは不自然じゃないか」

「なぜ不自然だと？」

「それは……刑事の勘だ」

また刑事の勘だ。形勢不利と見て懐柔にかかった矢野だが、撃沈したと見てよいだろう。リヒトが気だるく巻き舌で話しはじめる。

「ぼくはね。刑事の勘のような、あいまいなものを信用する気はまるでないんですよ」

わかりやすい。矢野がこれ見よがしに肩を落とした。

そのままリヒトは、わたしの憂いを代弁してくれるものとばかりに思っていた。だが違った。

「でもね、矢野さんの抱いた違和感は、あながち間違ってないような気もするんです」

「やっぱりそうか！」

途端に矢野の表情に光が差す。またまたわかりやすい。

「だからもうすこしだけ教えてください」リヒトが言った。

「なんでも訊いてくれ」矢野が応える。

「死亡推定時刻はいつですか」

「午後八時だ」

「喜久代の証言では、殺害時刻は午後九時二十五分のはずですが、それよりも前ということですか」

「ああ、だがそれもおかしな話じゃない。おまえなら知っていると思うが、死体の置かれた状況により死亡推定時刻に誤差が出るのはよくあることだし、急遽呼ばれたのは監察医ではなく近所の町医者だ。慣れない検死でさらに誤差が出るのは、想定内だよ」

「ふうん、部屋の暖房設備はなにがありましたか」

「オイルヒーターとエアコンがあった」

「通報があったとき、矢野さんも同行したんですよね。被害者の寝室は暖かかったですか」

「外気とほとんど変わらないくらいに、冷え冷えとしていたよ。オイルヒーターもエアコンも切ってあった。喜久代が言うには、事件前は忠彦のために暖めてあったが、遺体の腐敗の進行を遅らせるため事件後すぐに切ったらしい」

「喜久代が、そう言ったんですね」

「そうだ」

「検死の際、遺体の体温は測っていますよね」

「室温と同じ、六度だった」

先週の火曜日は寒波の影響でかなり冷え込んだ。暖房の効いていない部屋の室温としては、特に不自然はないように思える。

「エアコンのリモコンは、いまどこにあります」

「現場にあった小物は、あらかた証拠品として押収しているはずだ」

「じゃあ、警察にあるんですね。それからさっき現場写真を何枚かスマホに落としてきた、って言われましたけど」

「あるとも。存分に見てくれ」

リヒトはスマートフォンを受けとると右に左にスワイプし、気になる部分があるのか、ときおり拡大した。やがて画像のチェックを終えて、腕組みをしながら黙りこむ。目をつむって深く考えこんでいるようにも、ただ眠っているだけのようにも見えた。

そしてゆっくりと両目を開け、おもむろに宣言した。

「ぼくの知りたいことは、以上です」

「それで、どう思う？」

「いくつかお願いしたいことがあります。ぼくの考えを披露するのは、その結果を見てからにしましょう」

「お願いしたいことは、全部で五つ」

五つもあるのかと、うんざりするわたしを尻目に、リヒトの言葉を逃すまいと、矢野がメモを片手に臨んでいる。

「まずは簡単なものから。一つめ、署に戻ったらリモコンの運転ボタンを押してください。そしてそこに表示された設定を確認すること」

「設定を確認するだけでいいんだな」

「はい、次に二つめ。これを見てください。ここです」

釣られて覗きこんでしまったのが、失敗だった。現場写真だ。パジャマ姿で血まみれの忠彦がスマートフォンの画面に横たわっている。

リヒトが床の部分を拡大すると、そこには眼鏡が落ちていた。

「レンズの感じからすると、これは老眼鏡ですね」

「そうだが、それがなにか？」

「テンプル――つるが開いている。ということは、被害者は老眼鏡をかけていて、後頭部を殴打されたショックでそれがはずれたんでしょうね」

「春子もそう証言している」

「だったら、被害者はなにを見ていたのでしょうか」

「それは……」

「老眼鏡は近くを見るためのものです。テレビは遠すぎるし、壁に貼られたカレンダーも老眼鏡の必要な距離じゃない。では身の回りのなにを見ていたのか。そう考えると、サイドチェストに置かれた卓上用のメモ用紙しかない」

「だがメモ用紙にはなにも書かれてなかったぞ」

「そうですね。だからなにかを書こうとしていたのか、あるいは書いたメモを何者かが持ち去ったのか」

「まさか二人のうちどちらかが」

「それを知りたいんです。誰かが持ち去ったのであれば、その下のメモには筆圧で跡が残っているでしょう」

「わかった。確認しよう」

「三つめ、これが一番厄介なお願いです」

「なんでも言ってくれ」

「バラバラになった破片を組み合わせて、花瓶を復元してください」

「待て待て。破片は百以上もあるんだぞ。どんなに大変な作業になるか、わかるだろ」

「わかります。一つの破片もあまらないよう、完全に再現してください。『なんでも言ってくれ』って言いましたよね」

矢野は「『なんでも言ってくれ』とは言ったが、『なんでもやる』とは言っていない」とはぐらかそうとしたが、リヒトはどこまでも本気だった。

「では、やってください。人手が足りないようでしたら、ホルツマンに手伝わせます」

「なっ！」突然の指名にわたしは思わず声を上げた。

どうしてわたしを巻き込もうとする。なぜリヒト、暇を持てあましているあなたがやらない――

あまりの理不尽に抗議すべきだったが、途方に暮れる矢野の横顔を見ていると声にならず、いつのまにか了承済みとされてしまった。

「それでは四つめのお願い。三十五年前におこなわれた、いとこの結婚披露宴、その席次表を手に入れてください。いとこ夫婦なら記念に持っていると思います」

「どうしてそんな古いものを？」と問いかける矢野を置き去りにして、リヒトは続ける。

「最後のお願い。喜久代に監視をつけてください。高須邸の周囲には、マスコミが待ちかまえているんですよね。なかなか外出できない状況だと思いますが、違いますか」

「ああ、事件後、喜久代は一歩も外に出ていない」

「だったらなるべく外出しやすいよう、手を打ってもらえませんか。警察のお力で」

リヒトは意味深な笑みを浮かべて、どんなにわたしたちが食い下がっても、それ以上語ろうとはしなかった。

＊　＊　＊

翌日、もう一度矢野と判治邸を訪問することになったが、入念な和美対策を施す時間はなかった。まにあわせに八広（やひろ）の老舗（しにせ）、長命庵（あん）の豆大福の詰め合わせを持参したところ、和美はリッチフレーバー・アソートに負けないくらいに全身で感激を表現した。甘いものは和洋どちらもいける口らしい。

「あの花瓶なんだが……」

書籍とフラットファイルで埋もれた部屋にはいった途端、矢野は挨拶もそこそこに切り出そうとした。

「そんなに先を急がないで」

リヒトが右手で待ったをかけた。矢野に着座を勧めて、わたしには勧めず、昨日の配置に落ち着いたところで話しはじめる。

「順番にいきましょう。まずはエアコンのリモコン。運転ボタンを押したらなんと表示されたんです？」

「自動運転だ」

「設定温度は？」

「二十八度」

「暖房に切り替えてみましたか」

「ああ、そっちの設定温度は二十三度だった」

「いまの季節、暖房で二十三度がちょうどいいくらいですよね。自動運転で二十八度は、熱帯夜をやりすごすための設定じゃないですか。おかしいでしょ」

「おれもそう思って確認をとったところ、春子が言うには事件前、自分が操作したときはたしかに暖房の設定だった、と」

「春子の証言が正しければ、設定を変更したのは喜久代ということになりますね。いったいなんのために？　ホルツマン、ぼうっとしてないで答えてください」

急に話を振られても困る。どぎまぎしながら「室温を上げるため？」と答えた。

「そんなことは誰だってわかる。ぼくが訊いているのは、なぜ室温を上げる必要があったのか、ということ」

「もしかして遺体を劣化させるためか」

わたしの代わりに矢野が答えた。リヒトがうなずく。

「喜久代は劣化を遅らせるために暖房を切ったと供述しながら、春子が寝室から出たあと、実際には自動運転でエアコンを稼働させていたんです」

「だがおれたちが遺体を発見したとき、部屋は冷え切っていたぞ」

「そう、供述と矛盾させないため、一気に部屋を暖めて一気に冷やす必要があった。そのための二十八度なんです。遺体を十分温めたあと、タイマーでエアコンを切って十分冷やしたのでしょう。その場合、同じようにタイマー機能がついていても、オイルヒーターはつかえません。余熱が売りですからね、あれは」

「遺体の劣化を進行させたのは、死亡推定時刻をずらすためか」

「そうです。喜久代には、すこしでも死亡推定時刻をずらす必要があった。また通報が翌朝になったのも、検死の精度を落とす目的があったのでしょう。遺体に体温が残っていれば、死亡推定時刻を逆算できますからね。元看護師ならそれくらい知っていてもおかしくない」

午後九時二十五分に殺害された忠彦の死亡推定時刻は、午後八時だった。リヒトの推理が正しければ、喜久代の望んだとおり、ということになる。

「ではなぜ喜久代には、死亡推定時刻をずらす必要があったのか——この点についてはあとで説明しましょう」

「さあ、次はメモ用紙の件です。なにか書かれた痕跡はありましたか」

リヒトは何事もなかったかのように話題を変えた。わたしとしては、結論を先送りにされて釈然としない。

「一応あったことはあったんだが、たぶん事件とは関係ないぞ」

「かまいませんよ。なんて書かれていたんです？」

矢野がＡ４用紙をとりだした。寝室のメモに残されていた凹みが、黒く筆跡として浮き上がっていた。

そこには〝正一〟とある。

「〝正一（しょういち）〟とは、男性の名前ですか」

わたしの一言でなぜか空気が一転した。矢野は気まずそうに唇をゆがめて、リヒトは顔を伏せて肩を揺らしている。どういうことだ。

「こら、おまえ。笑うな」矢野が一喝した。「アメリカ育ちのホルツマンさんが知らないのは仕方がないだろ」

「どういう意味です？」

「それはな、たぶん人の名前じゃない。〝正〟と〝一〟の位置が近すぎてバランスが悪いだろ。日本には〝正〟の字をつかって五ずつかぞえていく習慣があるんだ。だから この場合、〝正一〟とあれば六までかぞえたことになる」

なるほど、わかった。リヒトの性格が悪いことも、わかった。

矢野が続ける。「日常生活で六まで数えることなんて、いくらでもあるだろ。この数字になにか意味があるのか」

「結論を出すのはまだ早いですよ。現時点ではなんともいえませんがね」


「さて、お待ちかねの花瓶です。復元してみてどうでしたか」

昨日、わたしは修復作業を手伝うように強制されたが、結局、警察官でもない者に証拠品を触らせられないとのことで、矢野は鑑識課の若手と夜を徹して超高難度のパズルに挑んだようだ。よく見ると目の下には、うっすらと隈が浮かんでいる。

「それがな、おれたちのやり方がまずかったのか。どうしても小さな破片がいくつかあまるんだ」

「ほう、あまりましたか。期待大ですね」リヒトの瞳に生気が宿る。「それで、鑑識課の彼はあまった破片の材質について、なにか言っていませんでしたか」

「もちろんおれたちも、ほかのガラス製品の破片が混入した可能性を考えた。くわしく調べるには組成分析などの検査が必要だが、目視の限りではほかの破片とかわらなかった。やっぱりやり方がまずかったのか」

「いいえ、パリティなんですよ、そのパズルは」

「なに、パリティ？　おまえ、この前もそんなこと言ってたな」

パリティ——同等、等価、同率、同じであること。

そしてリヒトが言うには、特にパズルにおいては、解答が存在しない、もしくは解答が二つ以上存在してパズルの体をなさない状態のことだ。

ナチュラルボーン・コレクターによる自殺予告配信事件では、事件解明の鍵となったが、この場合は解答が存在しないのか、二つ以上存在しているのか、どちらを意味するのだろうか。

「花瓶の件はわかりました。期待以上の成果ですね。では次、披露宴の席次表は手にはいりましたか」

「これだ、見てくれ」

矢野は持参した茶封筒からクリーム色の席次表を取り出した。床にひろげる。

リヒトが新郎新婦がいる高砂(たかさご)から見て右側、新郎の親族のテーブルを指差した。

そこには——

新郎の叔父　　高須　忠彦
新郎の叔母　　高須　民江
新郎のいとこ　高須　春子

そして――

新郎のいとこ　利根川　喜久代

「やっぱりそうだったか」

リヒトが発したのは、ほとんど至福の声だった。

「どういうことです？」わたしはやむにやまれず尋ねた。「矢野さん、昨日、たしかこう言いましたよね。ガラス製の花瓶は参列者それぞれにではなく、各家に一つずつ配られた、と」

「ああ、間違いない」

「だから、高須家には一つしか花瓶がない、と思っていませんでしたか」

「そうだが、それがなにか」

「各家に一つずつであれば、高須家だけでなく、喜久代が嫁いだ利根川家にも配られているはずです」

矢野の話では、喜久代は職場で知り合った医者と結婚し、その後離婚して高須家に戻っている。

「矢野さんはこうも言っていました。母方は物持ちのよい家系だ、と。物持ちのよい民江に育てられた喜久代も、物持ちがよいのかもしれませんね。母方といえば母方ですし。例えば、三十五年前の結婚披露宴でもらった花瓶を嫁ぎ先から持ち帰り、そのまま実家の自室のどこかに死蔵していたとか」

「もしかしておまえ、喜久代が忠彦を殺したと思っているのか。春子が自供しているんだぞ。あれが嘘をついているようには、とうてい見えねえ」

よほど信じられなかったのだろう。警察の結論に納得がいかず相談をもちかけた矢野が、顔を真っ赤にしてまるで警察を擁護しているように見える。

「春子は嘘をついてませんよ」

「だったらどうして」

「パリティです。このパズルには解答が二つあるんですよ」

「ぼくの考えたシナリオはこうです。あくまで想像ですが、時系列で追っていきましょう」

あぐらをかいたまま伏し目がちにリヒトは言った。矢野が上半身を前のめりにさせてかまえる。立ちっ放しのわたしは、二人の頭上から一言も聞き逃すことなく、いまからおきるすべてを見とどけるつもりでいた。

「春子が忠彦の心ない言葉に逆上して、花瓶で殴りつけた。とんでもないことをしてしまったとパニックになった彼女は、助言を求めるため喜久代の部屋を訪れた。妹のただならぬ様子を見た姉は事件現場へと向かい、そこで忠彦の状態を確認する――ここまでは春子、喜久代の供述のとおりです」

「そこまでが供述どおりということは、そこからが違うんだな」

「はい。喜久代は元看護師です。血まみれで横たわる忠彦の状況を確認した彼女は、とある事実に気づいた」

「もったいぶるなよ。なんなんだ、とある事実って」

矢野は良くも悪くも正直な男だ。苛立ちを隠さない。対して不正直なリヒトには、人を試す悪い癖がある。

「忠彦の首筋、頸動脈（けいどうみゃく）に触れた彼女は気づいたんです。脈がある、と」

「死んでなかったのか！」

「ええ、派手な出血があり忠彦がぴくりともしなかったため、春子は死んでしまったと勘違いしたんです。矢野さんが疑ったとおり、強度のないあの花瓶では人を殺せないんです」

「やっぱりそうだったか」

自説が認められて矢野の表情が一瞬晴れやかになったが、すぐに曇りゆく。

「ということは、その場で喜久代は、忠彦は死んでいる、と嘘をついたんだな」

「そういうことです。仮にあとで意識が戻ったとしても、現役の看護師だったのは三十年以上も前の話です。死亡の判定は勘違いだったと、弁明できなくもない」

「まあな」

「脈動を確認してからその結果を口にするまでの、ほんのわずかなあいだに、喜久代の胸中にはいろいろな思いが錯綜したのでしょう。その中にこのまま忠彦が殺されたことになれば、との悪魔のような考えがなかったとは言えません」

「やはり喜久代が忠彦を殺したと言いたいんだな、おまえは」

「はい。喜久代は確実に息の根を止めるために時間を稼ぐ必要があった。だから通報は翌朝にして、まずは風呂で血糊を洗い流すよう春子に勧めた」

生々しい犯行が明かされるにつれて、のどが渇き、全身にひりつくような感覚がある。心臓は激しく脈打ち、胃壁をこそげとるような痛みがある。わたしはすぐにでも逃げ出したかったが、冷徹なリヒトがそれを許さない。

「そのとき、喜久代の脳裏に浮かんだのは、三十五年前、利根川家の一員としてもらい受けた、凶器とまったく同じ花瓶。彼女は自室にしまいこんであったそれを取り出した。凶器と打撲痕の同定がおこなわれることを知っていたんでしょうね」

「ちょっと待て。同じ花瓶でとどめを刺したと言いたいのか。人を殺すには強度が足りないんだぞ」

「当然、喜久代もそのことはわかっていますよ。現に春子が失敗したのを目の当たりにしてますからね。だから喜久代は考えた。強度が足りなければ、補強すればいい、と。さらには花瓶が粉々になって余計なガラス片が飛び散り、二つめの凶器の存在が明かされてしまうのもまずい。だったらガラス片が飛び散らないようにすればいい、とね」

「そんなこと、可能なのか」

「わかりません。でも実際に殺すことができたんだから、可能だったんでしょう。例えば、第二の花瓶の表面をビニールテープでぐるぐる巻きにすることで破片の飛散を防ぐ。そのうえで花瓶の内側に、布にくるんだ文鎮など重量のあるものをぎゅうぎゅうに詰め込み、打撃力を強化したとか。その程度なら、春子が入浴中に用意できると思いますが」

「だったら、花瓶を修復した際にあまった破片は？」

「いくら破片が飛び散らないよう工夫を凝らしたとはいえ、所詮は付け焼刃です。ビニールテープの中で破損した花瓶の一部が、その場に残されたのでしょう。そして忠彦の後頭部を再び殴打し、死に至らしめることに成功した喜久代は考えた。春子が激情にまかせて殴打してから自分がとどめを刺すまでには、わずかだが時間差がある」

「それでエアコンのリモコンに小細工をしたのか」

「ええ、冷静になってみれば、考えすぎの感はまぬがれませんが、彼女にも精神的な余裕はなかった。そうする以外になかったのでしょうね」

矢野はすっかり黙りこんでしまった。腕を組み顔をしかめることで、リヒトの発した一言一句を反芻しているようでもある。リヒトがぽつりつぶやいた。

「ぼくの推理は以上ですが、問題がないこともない」

「問題？　なんだ、それは？」

「決定的な証拠がないんですよ。現場に残された余分な破片が、喜久代が保有していたもう一つの花瓶のものだという証拠は存在しません。まったく別の誰かのものだっていいわけですから。リモコンの件だってそうです。推測されるのは、喜久代がエアコンの設定を変更したことだけであって、それで偽装工作がおこなわれたと主張するのは無理がある」

「だから喜久代を泳がせたんだな」矢野の口元がわずかにほころぶ。

「はい」

「おまえの言ったとおり、近隣住民から苦情が出ているとして、マスコミの連中には高須邸の周囲から立ち退くように要請してある。まあ、連中が素直にしたがったのは、おれたちになにか策がある、と感づいてのことだろうが」

「じゃあ、張り込みも万全ということですね」

「もちろんだ。喜久代が外出すると同時に尾行がつく態勢だ」

「それなら安心です。事件当日の家宅捜索で二つめの花瓶は見つからなかった。だったら屋敷のどこかにまだ隠されていて、喜久代はすぐにでもそれを処分したくてたまらないはずなんです。かならず動きます」

これで矢野をむしばんでいた悩みは消えた。事件は解決する——そう安堵したときだった。不意に披露宴の席次表が視界にはいった。

わたしは気づいてしまった。やっとリヒトの鼻を明かせられる。湧き上がる興奮に体中の血流が増した。

「矢野さん、ここを見てください」わたしは席次表の一角を指差した。

「どうした」

「新郎の名前……中嶋正一、です」

「正一ということは」

「そうです。忠彦を殺した喜久代は、メモに残された〝正一〟が三十五年前の披露宴、そして第二の花瓶の存在を連想させると考えた。だからメモを持ち去ったのでは」

「うーん、ないとは言い切れないな」

「そう、非常に残念だが、ないとは言い切れない」

間髪入れずにリヒトがケチをつけた。「非常に残念だが」とは、負け惜しみもはなはだしい。

「ホルツマン、きみがどう思おうが勝手だが、ぼくは違う見方をしている」

「違う見方？　メモが事件に関係しているのか」矢野が訊いた。

「ええ、ただし事件のもっと根深いところ――フーダニットでもなくハウダニットでもない、ホワイダニットの部分で」

フーダニット、ハウダニット、ホワイダニットはミステリー用語でそれぞれ〝犯人は誰か〟〝どう犯行を成し遂げたか〟〝なぜ犯行に至ったか〟を意味している。

この場合は、すなわち動機だ。

「矢野さん、まさか喜久代が遺産目当てで父親を殺した、なんて思ってないですよね」

「もちろんだ。喜久代も春子も、贅沢もしなければ金にも困っていない」

「だったらなぜ殺したんです？」

「それは……」矢野は言葉に窮した。

そうだ。

喜久代と春子は一見仲のよい姉妹だ。動機らしい動機が見当たらない。

「被害者の忠彦は、日記か手帳のようなものをつけていませんでしたか」

「そういえば書斎で手帳が見つかっているが、事件に関係しそうな記述はなかったはずだぞ」

「そう見えるだけですよ。ぼくの想像が正しければ、メモにあった〝正一〟――つまり六に近い数字がならんでいるはずです。確認してもらえませんか」

矢野がうなずくのを待って、リヒトが締めくくる。

「なぜ喜久代は瀕死の忠彦にとどめを刺したのか――それがこの事件の最大の謎なんです」

＊　＊　＊

わたしが矢野から報告を受けたのは、それから三日後だった。

さっそく判治邸を訪れると、いつもの部屋に通された。リヒトは書籍とフラットファイルの山々に囲まれて、いつものようにあぐらをかいていた。

「例の事件に進展があったので報告にきました」

「まだ報道されていないけど、喜久代が捕まったんだね」

そのせいで忙殺された矢野はこの場にいない。報告義務のすべてはわたしに託されている。

「ええ、昨夜遅くに喜久代は外出しました。しばらく車を走らせて、着いたのは近くの河川敷です。大きめの紙袋を持っていて、それを不法投棄しようとしたところで、尾行していた警察官が職務質問をしたとのことです」

「紙袋の中身は？」

「あなたの言ったとおり、粉々になった花瓶と同じものがもう一つ、ひび割れてビニールテープの補強でやっと原形をとどめている状態で発見されました。文鎮のような重しまではありませんでしたが、花瓶の中には布地が詰めこまれていました。喜久代はすぐに観念したようで、その場で任意同行に応じました」

「事情聴取もはじまっているのかな」

「ええ、もともと話好きなうえ、マスコミに包囲される生活がこたえたらしく、訊かれてもないことまでしゃべっているみたいですよ。もしかして動機が気になりますか」

「うん」

「そう思って動機に関する証言だけは、一言一句そのままメモにしてもらいました。読み上げますね」


『動機？　それって、どうしてお父さんを殺したか、ってことかしら。だって春子さん、ずるいでしょ。お父さんはまだ生きていらしたのよ。これからはわたし一人が怒鳴られたり、殴られたりしながら面倒見なくちゃいけないのよ。二人だからなんとかやってこられたのに、あの子だけ高みの見物なんて、そんなの許される？　だからね、お灸をすえてあげたの。あの子は牢屋で、わたしはおうち。結局うまくいかなかったけど、誤解しないでよね。後悔なんてしてないわ。もうお父さんのお世話をしなくていいんだから。本当、せいせいしているの』

饒舌だ。

わたしは先入観をあたえないようなるべく平坦に読んだつもりだが、それでも喜久代が感情にまかせて心の内を打ち明ける光景が、ありありと浮かんだ。

「プライドの高い喜久代らしい証言だね。それでホルツマン、手帳の件はどうだった？」

「それなんですが、この画像を見てもらえますか」

わたしは矢野から受けとった手帳の画像をスマートフォンに表示した。

忠彦は筆まめな性質のようで、手帳には日付ごとに朝昼夜の献立、その日あったニュースのまとめ、通院の予定などがびっしりと書き込まれていた。そして日付の下には決まってKとHが交互にならび、そのうしろには数字が記されている。

…

1月7日　K17

1月8日　H8
1月9日　K13
1月10日　H7
1月11日　K14
…

「Kは喜久代、Hは春子のことでしょうか。姉妹が介護を担当していた日に合致しています」

「数字を平均してみると、KはHの二倍くらいか。なるほどね」

なにがなるほどなのか、まったくわからなかったが、リヒトの言ったとおり、Kは二桁台、Hは一桁台の場合が多い。

「数字はなにを意味しているのでしょうか」

「事件当日の状況と比較してみればいい。春子が忠彦を殴打する直前、なにがあった？」

「忠彦が激高して春子をなじった」

「そうだ。そんなとき、六はわざわざ老眼鏡をかけてまで確認する必要がある数字だろうか」

「そうは思えません」

「だったら、メモを見ようとしたのではなく、正の字にもう一本書き加えようとしていたと考えるのが、妥当じゃないかな」

「あのタイミングで書き加えるようなことなんて……」

「一つだけあるよね」

「えっ？　まさか」

「そう、あの正の字は、春子が忠彦を怒らせた回数なんだ」

他人の失態をわざわざかぞえる人間がいるのか――わたしには信じられなかった。

「力で他人を支配しようとする人間には、よくあることだよ。陰湿な忠彦は日々姉妹のした粗相の回数を集計し、翌日それを手帳に記録していたんだ。そしてその事実を喜久代は知っていた。はるかに劣ると思っていた妹が、自分よりずっと叱責されていないことも」

「でしたら喜久代の証言は、どういうことです」

「本心を知られないために、ついた嘘だよ。ぼくが想像する本当の経緯はこうだ」

あぐらをかいていたリヒトは片膝を立てて、その上に顎をのせた。そして片足を両腕で抱えこむと、ゆっくり話しだす。

「忠彦の脈を確認する喜久代の視界に、メモの数字がはいった。たった六回。自分はこの倍もの叱責に耐えているのに、春子はたった六回でキレたのか。一日が終わろうとしている時点で、なぜどんくさい妹が六回しか怒られていないのか——つまりメモが持ち去られたのは、三十五年前の披露宴を連想させるからじゃない。メモが、自分より愚鈍な春子のほうが評価されている証左であり、自分に殺人を決意させた、一刻も早く消し去ってしまいたい代物だったからだ」

もはや息をするのさえ苦痛だった。悪寒が這い上がってくる感覚がある。

そんなわたしを見て、リヒトはからかおうとせず、かといって気遣う素振りもなく、ただ憂いた視線をくれるばかりだった。

「でも、いくら想像したところで、想像は想像だ。ぼくの推理を突きつけても、プライドの高い喜久代は決して認めないだろうし、警察としても動機は自白だけで十分だからね。なあ、ホルツマン、きみはどう思う?」

「なにをです?」

「探偵ごときが誰かの心の闇を引きずりだそうなんて、おこがましい限りじゃないか」

Case4

零下二十五度の石棺

第一次予選
ロックドルーム・マーダー・セクション
小問(2)改題

一月も終わりに差しかかったその日、わたしたちは、ついに判治リヒトの身柄の確保に成功した。

そのリヒトはいま、パトカーの後部座席でわたしと矢野に両脇を固められている。どうにも逃げられないと観念してか、寝癖髪を逆立てたまま仏頂面を隠そうともしない。白と黒、お気に入りのツートンカラーにはしゃぎっぱなしだった、前回の外出が嘘のようで、気分屋にもほどがある。

こうなったのには、もちろん訳がある。

とある事件の現場に同行してほしい——再三再四の要請にリヒトは難色を示しつづけた。

そんな彼を動かしたのは和美だった。しびれを切らしたわたしたちが判治邸へと乗りこみ、神田紺屋町（かんだこんやちょう）べっこう堂（どう）の金鍔（きんつば）十二ケ入りを差し入れた瞬間に、ミッションはほぼ達成された。

「こんなのいただいちゃったら、ぐんぐん育っちゃうじゃないの」

十分に引き締まった腹回りをさすりながら和美は、フラットファイルと書籍に埋もれた部屋へと突入する。そして一言二言声を交わしただけで、籠城戦を決めこんだリヒトをいとも簡単に引きずりだした。

計算どおりとはいえ、あまりにあっけない無血開城だった。

外出するもしないもぼく次第のはずなのに、母さんをだしにつかうなんて卑怯だ、とあとから非難されるのは目に見えていたが、背に腹はかえられない。

「どこへでも連れてってちょうだい。ユキさんが一緒なら安心だわ」

そうお墨付きを得たことを伝えると、リヒトはわたしたちに迎えられるがままにパトカーへと乗りこんだ。見送りにきた和美が窓越しに声をかける。

「いってらっしゃい」

リヒトは前を向き、口を真一文字にむすんだまま応えなかった。和美は笑みを浮かべたままあきらめない。

「いってらっしゃい」

「………」

「いってらっしゃい」

「………」

「いってらっしゃい」

「……いってきます」

不承不承の一言を待ってパトカーは走りだす。しばらくしてリヒトがぽつり。

「母さんをだしにつかうなんて、卑怯じゃないか」

まったくもって、呆れるほどに計算どおりだった。

＊＊＊

二時間ほどパトカーを走らせて目的地に到着した。

潮の香りが強いそこは、房総半島の東の端で波音が絶えない。防波堤の向こう側では、太平洋の白い波濤が寄せては消えてを繰りかえしているのだろう。海岸伝いのうねりにうねった細い道沿いに建物は見当たらず、目の前に四角いコンクリート製の建屋があるだけだ。全体の色褪せた感じから、相当な年代物であることがわかった。

「この建屋が現場だ」

矢野が沈黙を破った。目的地に到着するにはしたが、座ったままパトカーから降りようとしない。わたしも、だ。

「だったら、さっさと降りて現場検証をはじめませんか」

車内ではなにも語らずを貫きとおしたリヒトが、やっと応えた。

「まあ、待て。現場を見ながら事件の概要を話していない」

「そんなの、現場を見ながらだってできますよね。せまっ苦しい後部座席に三人並んで話す必要もないでしょ」

たしかにそのとおりだが、道中何度説明しようとしてもふて腐れて、一切聞く耳をもたなかったのだ。とやかく言われる筋合いはない。

「寒いんだよ」と矢野が遠い目で言った。

「ええ、寒いでしょうね、冬だもの」リヒトがむきになって語気を強めた。「でも、大丈夫。ホルツマン、きみ、なるべく温かい格好をさせてください、って母さんにこそこそ頼んでたよね。ね、ね、ね。ほら見て、ダッフルコートも着てきた。中はセーターだ。手袋だってある。寒くない。寒いはずがない」

ああ、こどもモード全開だ。

世界一の探偵になりえた男が、どうしてそんなに幼稚になれる。わたしは閉口するしかなかった。

しかしそこはさすが矢野だ。年長者で、柏みなみ署の敏腕刑事で、数多の難事件を経験してきただけある。リヒト以上に理不尽な犯罪者とも対峙しただろう。

「あれを見ろ」

窓越しに矢野が指差した先、建屋のコンクリートの壁面には、消えかかったペンキで大きく「北浜（きたはま）・南浜（みなみはま）漁業協同組合　共同冷凍倉庫」とある。

「マイナス二十五度だってよ。どうする？　中で話そうか」

リヒトはすこし考えたあと、「資料を」と右手を差し出した。年中冷暖房完備の一室で過ごす彼には、肉体的な負荷に対する耐性が不足している。矢野が待ってましたとばかりにファイルを手渡す。

「事件の概略を手短に」

リヒトは凄まじい速度でページをめくりはじめた。

「三が日明けの一月四日、この冷凍倉庫内で南浜漁協所属の漁師、猿渡勇樹の死体が発見された」矢野が切り出した。

「倉庫内で発見って、いやな予感がするなあ」リヒトがこわごわと顔を上げた。

「そうだ。死体は完全に凍結していた。カチカチだよ。解凍されて解剖されたんだが、外傷は一切なし。胃の中からは缶コーヒーと睡眠薬の成分が検出されている。死体の傍らには、猿渡が飲んだと思われる缶コーヒーの空き缶が転がっていた」

「外傷がなくて睡眠薬で眠っていたとなると、死因はやっぱり……」

「ああ、痛みも苦しみもない。凍死だ。ちなみに死亡して新鮮なままに冷凍されたんで死亡推定時刻は不明。ここは漁協が休みになる年末年始は人の出入りがない。だから十二月二十九日から一月三日のあいだに死んだということしかわからない」

「六日間か。行動履歴を洗うには長すぎますね」

「だが別の理由で猿渡が死んだのは、十二月三十日の午前一時十四分よりあとだと推定されている」

「突然ずいぶん細かくわかるものですね。別の理由ってなんです？」

「死体が握っていたスマホにメモが残されていたんだ、その時刻に。遺書だよ」

「遺書ってことは……」

「この事件は他殺ではなく、自殺の線で決着しようとしている」

「でも、もしかしたら他殺じゃないかってまだ疑っているから、ぼくを呼んだんですね。他殺と断定できるまでの証拠は、ぜんぜん見つかってないけど」

「あいかわらずイヤな言い方をするな」矢野は露骨に顔をしかめた。「大方そういうことだが、相談を受けた同期のために一つ言わせてくれ。死体発見時の状況がとにかく異常だったんだ」

「で、警察が自殺と断定したのは、遺書だけが理由なんですか」

「いや、理由は二つあって、一つめがその遺書の存在だ」

矢野はまず猿渡の人となりについて語りはじめた。わたしはリヒトとの折衝が円滑に進むよう、事件についてあらかじめレクチャーを受けている。

猿渡勇樹は二十一歳、素行の悪さで定評のある男だった。未成年のころに数回の補導歴もある。

漁師の職に就き捕まることこそなくなったが、金遣いが荒く夜遊びもひどく、何日も家を空けることがしばしばあった。そのため六日間も行方不明であっても、同居する両親はいつものことだと、特に気にしなかったらしい。

そんな男が悩み事でもあるのか、年末にかけてふさぎこむようになった。心配したほかの漁師がわけを尋ねても、なにも応えなかったという。

なるほど自殺の予兆ととれなくはない。

矢野が続ける。「漁師仲間の一人が証言したんだが、猿渡には悪い噂があってな。ここの沖合を通る外国船から違法薬物の瀬取りをしていたというんだ」

瀬取りとは、足のつきやすい禁制品を通関前に洋上で受け渡す違法行為だ。その漁師は、受け取った違法薬物の一時保管にこの冷凍倉庫が利用されていたのでは、とも語っている。もし猿渡が取引でトラブルに巻きこまれて、それを苦にしていたとすれば、ここで自殺したのもうなずける。

「ふうん、でもその証言はあまり信用しないほうがいいかもね」

「おれもそう思う。人は予期しない不幸が訪れると、納得できるようになにかと理由付けしたがるものだからな。そういえばあのときああだったとか、動機なんてあとからいくらでもつけられる」

わたしも矢野と同じ意見だ。死人に口なしとなれば、人は特に口さがない。

「おっ、あった、あった。これがその遺書か」

リヒトがファイルをめくる手を止めた。そのページには猿渡のスマートフォンに残されたメッセージが記されていた。

『父さん　母さん
俺がバカなせいでどうにもならなくなりました
もう生きられません
迷惑ばかりかけてごめんなさい
みんなによろしく伝えてください
今日までありがとう
さようなら』

俺がバカなせいでどうにもならなくなりました――

遺書にありがちなほかの文言と違い、この一文だけが猿渡の境遇を示唆している。どうにもならなくなったのは瀬取りのせいだと推測できなくもない。だがほかに自殺の原因がある可能性も多分に秘めていて、どうとでも読める。

にもかかわらず「この遺書は他人が書いたものですね」と即座にリヒトがつぶやいた。

あまりの急展開に矢野が声を裏返した。「えっ、どういう意味だ」

「猿渡の指をつかって、別の誰かがスマホに書きこんだんですよ。たぶん睡眠薬で眠っているあいだのことでしょう」

これまでに三つの事件を解決してわかったことがある。暗号、符牒(ふちょう)、隠喩――リヒトは、目に見えるメッセージの裏に隠された、真実を読みとる異才に恵まれている。

わたしは色めきたった。

「たしかに遺書にしては素っ気ない気がします。文章もたどたどしいですし」

「ホルツマン、それはない」

間髪入れずに否定された。わたしにはずいぶん厳しい気がする。いや、気のせいではない。絶対そうだ。

「もともとそういう書き手なんだよ。ほかのSNSの文面を見ても、同じように素っ気ないしたどたどしいし。その点では、遺書を偽造した誰かさんはよく研究していたと言えるね」

「文章が不自然でないとすると、なにを根拠に他人が偽装したと?」

「この遺書は重要な鍵だけど、文面を検証するだけでは不十分なんだよ。スマホに残された指紋と照らし合わせてみないと。特に親指の」

「もしかして左手の指紋と掌紋しか検出されなかったからか」

矢野の指摘にわたしは「どういうことです」と尋ねた。

「猿渡は左利きなんだが、それでも右手でスマホを持つこともあるだろ。だが右手の指紋は一つも検出されなかった。どうやら遺書を書く直前に、スマホの全面をきれいにふき取ったようなんだ。もしかしてこれが偽装の根拠なのか」

「いいえ、そんなの、証拠とは言えませんよ。いくらとは素行が悪いとはいえ、これから人生最後のメッセージを打ち込むんです。突如諦観の境地にたどり着き静謐（せいひつ）な心持ちでスマホを清めた、と考えられなくもない」

「なら、どういうことだ」

「ちょっとした実験をしたいんで、一度外に出ましょう。ここじゃせますぎる。ホルツマン、きみのスマホを貸してくれ。それから口紅を持っているかい」

「持っていますが、どうするつもりなんです？」

わたしたちはパトカーから降りた。倉庫前の荷捌（にさば）き場であるそこは海風が強く、想像した以上に体感温度は低い。わたしはたまらずダウンジャケットのジッパーを首元まで上げた。冷凍倉庫内がこことは比較にならない極寒だと考えると、先が思いやられる。

スマートフォンと口紅をリヒトに手渡した。彼は口紅の先を出してからわたしに対面する。いやな予感がした。

「左手を出してくれないか」

左手を出すと同時に、リヒトはわたしの親指をつかんだ。親指の腹に口紅を塗りたくる。咄嗟のことで抵抗できず、指先はピンクに染まった。どうしてくれるのだ。

「えっ、なにをするんです！　それ、高いんですよ」

「大事な実験につかうんだ。経費でなんとかなるだろ。オリバーに新しいのを買ってもらえばいい」

次にリヒトはわたしの左手にスマートフォンを握らせた。和美には申し訳ないが、どういう教育をしたのか、糾弾せざるをえない。

「さて、ホルツマン」リヒトはパトカーのボンネットの上にファイルをひろげた。「そのスマホに、猿渡の遺書とまったく同じ文章を入力してほしい」

「わたし、右利きですけれど……」

「右手は使わないでくれ。猿渡はスマホを左手で持ち、左手の親指で打ち込んでいる。あ、それから大事なポイントなんだけど、残された指の運びからフリック入力をしていたことがわかっている。きみ、トグル入力派？」

「いいえ、日本語入力の場合はフリックです」

トグル入力とは、キーを押す回数で入力すべき文字を選択する方式で、例えば〝お〟と入力したい場合は、〝あ〟のキーを五回連打する必要がある。

対してフリック入力は、キーに触れて表示された十字型の選択肢のなかから、指をスライドさせて入力すべき文字を選択する方式だ。〝あ〟のキーに触れてそのまま下にスライドさせれば、〝お〟と入力される。いまの日本では、こちらのほうが一般的な入力方式のようだ。

わたしはメモのアプリを開くと、遺書の文面と見くらべながら『父さん』から『さようなら』まで、慎重に親指を滑らせた。慣れない左手で時間はかかったが、一言一句違わず入力できたはずだ。

「できました」

「じゃあ、メモを保存してスマホの電源を切ってくれ」

言われたとおりにして、スマートフォンの右端上部にあるスイッチを押した。電源を切るのであれば、入力した内容は謎解きに関係がないのだろうか。暗転したディスプレイには、ルージュの軌跡が浮き上がっている。

「この口紅の跡が、フリック入力で遺書を打ち込んだ際に親指が触れる部分です（図1）。では実際に猿渡の親指の指紋が検出されたキーボード部（図2）と比較してみましょう」

ファイルのページがめくられた。一目見て違いは明確だった。

〝あ〟と〝ま〟のキーの左側と、予測変換の第一候補が表示される左端だ。

図1

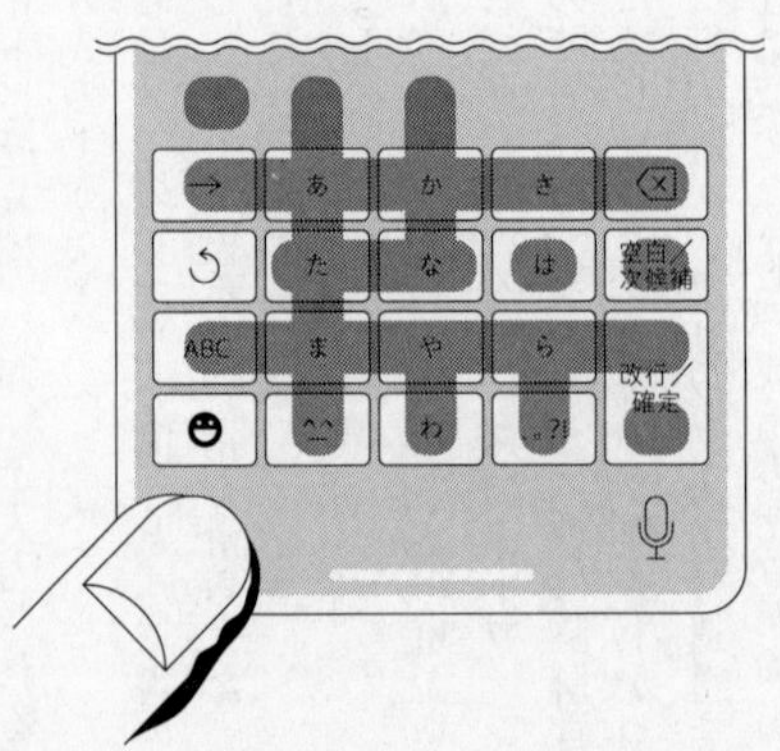

図2

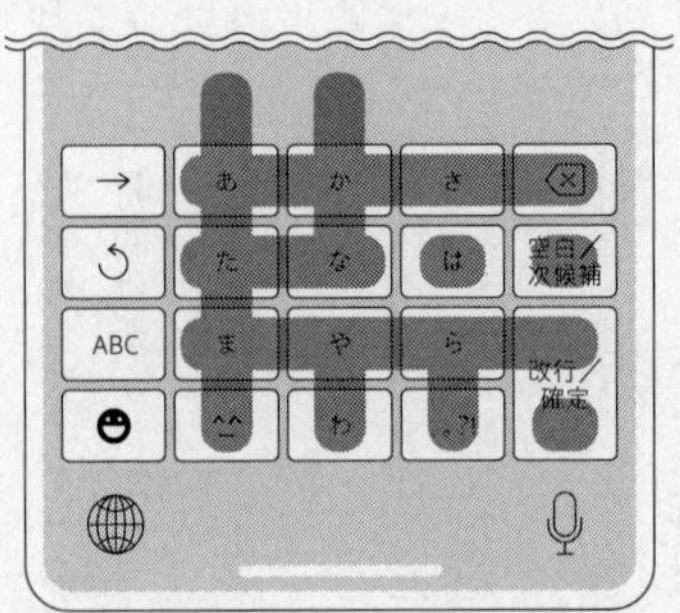

わたしが入力したスマートフォンには指紋が残されているが、猿渡のものにはそれがない。

「遺書を偽造した人物は右利きだ」リヒトは言い切った。

「どうしてそんなことが」

「実際にやってみよう。さっき学習した予測変換は無視するよ」

そう言ったか言わないかのうちに、リヒトはわたしの左側に回りこんだ。斜めうしろに立って、スマートフォンを握るわたしの左手を、両手で包みこむ。わたしの手の甲をリヒトの左手が支え、口紅のついた親指を彼の右手の親指と人差し指がつまんでいる状態だ。

すっかり冷え切ったわたしの左手に、重ねられた別の手のぬくもりが伝わってくる。年下のひきこもり探偵もどきがした軽率な行為なのだ。だから若干どぎまぎする自分が、不本意で仕方なかった。

「と、う、さ、ん、次候補、確定、空白、か、あ、さ、ん、次候補、確定、改行……」

リヒトが、脱力したわたしの親指を上下左右に動かしていく。異変を感じたのは、『俺がバカなせ』まで打ち込んだあとだった。

「痛い！」

わたしは思わず声にした。〝い〟の文字を入力するところだった。

「だよね」

うしろを振り向くと、リヒトが意地の悪い笑みを浮かべている。

「そこはね、左利きの人物が自分の意志で打とうとすれば簡単に打てるけど、右利きの他人が無理矢理打ち込ませようしたら、ひどく打ちにくい位置なんだ」

〝い〟を入力するには、〝あ〟のキーを押してそのまま左、ディスプレイの左端にスライドさせなくてはならない。かなり窮屈だ。

「では犯人はどのように〝い〟を打ち込んだんですか」

「簡単だよ。〝あ〟を二度押した。フリック入力をあきらめて、そこだけトグル入力にしたんだ」

「それなら指紋が残らないな」と矢野。

「遺書のなかにはもう一箇所、ポイントになる文字がある。『みんなに』の〝み〟」

早速リヒトはわたしの親指を〝ま〟のキーの上に置いた。〝あ〟よりも下にあるぶん、この時点ですでに苦しい。左にスライドさせようとしても、関節がきしむだけで〝み〟の選択肢にはとどかない。

第一候補が左端に表示される予測変換も、同じ理由で利用されなかったのだろう。

「遺書を偽造した人物は、自分の指紋を残さないために当然手袋をしていたでしょう。それもラテックスなんかじゃない。冷凍倉庫内での作業に耐えられる、防寒用の分厚いやつだ。いまよりもずっと困難な作業だったんじゃないかな」

「指紋の状態が不自然なのはわかった」腕組みをした矢野が一歩前に出る。「でも予測変換はともかく、猿渡に〝い〟〝ち〟〝み〟だけトグル入力をする癖がなかったとは言い切れないよな」

「そう言われると思っていましたよ」

「どういう意味だ」

「指紋絡みでもう一つ、左利きの人物が操作しなかったことを示す証拠が残されているんです」

　リヒトはわたしに問いかける。

「ホルツマン、さっきスマホの電源を切るように頼んだよね」

「ええ、言われたとおりにしましたが」

「猿渡も遺書を入力したあと、電源を切ったようなんだ。そこで確認してほしい。電源スイッチに口紅の跡はついているか」

「いいえ」

「親指はつかわなかったってことだよね。どの指で電源を切った？」

　電源スイッチはスマートフォンの右サイド上部にある。わたしはその位置を確かめてから「たぶん人差し指です」と答えた。

「だろうね。じゃあ次、矢野さん。右利きですか」

「ああ」

「右手でいいので、ご自身のスマホをもって電源を切ってもらえますか」

矢野はいくぶん芝居がかったしぐさでスマートフォンを取り出すと、右サイドの電源スイッチを押した。

「やったぞ」

「どの指でスイッチを押しましたか」

「親指だ」

「ですよね。もともと電源スイッチは、右利きの人が親指で押しやすい位置にあるんで」

「なにが言いたい?」

「これです」

リヒトは猿渡のスマートフォンの指紋を記録したページ——電源スイッチのあたりを指差した。

「この指紋は左手の親指のものです。右利きの犯人は、電源スイッチは親指で押すものと思い込んだのでしょう。ホルツマン、ためしにそのまま右手をつかわず、左手だけをつかって親指で電源を切ってみてくれ」

親指を目いっぱい伸ばしてみた。

ほかの四本の指でかろうじて支えてはいるが、スマートフォンは不安定でいまにも手から滑り落ちそうになる。ただし、さきほどのリヒトの左手のような支えがあれば、この作業もあまり苦にはならなそうだ。

いずれにしても、人差し指を伸ばせば簡単にとどくのだから、そうしない理由が見当たらない。

「想像するに犯人は、眠りこけた猿渡の傍らでまずスマホの中身を調べた。たぶんそのときは手袋をはずしていたのでしょう。ひととおり調べ終えるとスマホの全面をふき取り、自分の指紋を消して遺書の偽装にとりかかった」

「なにを調べたのでしょうか。通信履歴や閲覧履歴に不審な点はなかったと聞いていますが」

「それならさっきの漁師仲間の話が参考になるかもしれない」

矢野によると漁師仲間は、猿渡がスマートフォンを二つ持っているところを見た、とも証言している。そしてその二つめのスマートフォンは、まだ発見されていない。

「だったら話は簡単です。その二つめには特別な用途があって、一つめの私用のスマホをその特別な用途に使用することは禁じられていた。だから犯人は約束を守っていることを確認して、自分に都合の悪い二つめを持ち去った」

「特別な用途とはなんです」

「秘密の連絡手段かな。例えば、瀬取りの打ち合わせ用の」

リヒトの脳内だけで展開された、あくまで仮定の話だった。自分勝手に組み立てて想像が飛躍しすぎている感もある。

矢野を見た。彼もまた眉間に皺(しわ)を寄せてなにか言いたげな様子だった。

場の雰囲気を感じとってか、リヒトが動く。大上段にかまえてしたのは、自信に満ちた発言だった。

「たしかに他殺と断定できるまでの証拠ではない。でも要は矢野さん、これだけ不自然な点があるのに、まだあなたは自殺だと信じますか、ってことなんです」

「仮に猿渡勇樹の死が自殺でなく、他殺であったならの話なんだが……」

念入りに前置きして矢野は語りだした。他殺であれば、真っ先に容疑者となりそうな人物がいるという。

弓削(ゆげ)省吾(しょうご)、三十二歳――

北浜漁協所属の漁師で猿渡のいとこにあたり、二人は普段から行動をともにしていた。弓削も昔は悪で鳴らした口で、表立っては落ち着いたように見えるが、裏ではなにをしているかわからないと評判の男だった。

資料の写真にある弓削は、背が高くかなり細身で、わたしが描く漁師のイメージとはかけ離れていた。眼光は鋭く色付きの眼鏡も相まって、知的でありながら冷たい印象もある。外国船との交渉を必要とする瀬取りも、若い猿渡だけでは手にあまるだろうが、商船大学出身の弓削が手引きすれば可能だろう、と勝手に思ったりしてしまう。ずいぶん気が早いと自覚はあるのだが。

「さあ、矢野さん、容疑者も揃ったところで、そろそろ教えてくださいよ」

「教える？　なにを？」

「警察が猿渡の死を自殺と断定した理由ですよ。遺書のほかにもう一つあるって言ってましたよね」

「ああ、それはな、死体が発見された現場が……」

そこで矢野はためらった。まったくこんな言葉を刑事が口にしてよいのか、と悩んでいるようでもあった。しかし結局、それに代替する適当な語句は見つからなかったらしく、大きくため息をついたあとに吐きだした。

「完全な密室だったからだ」

『北浜・南浜漁業協同組合　共同冷凍倉庫』は、北浜漁協と南浜漁協が共同で保有するため、二つの漁協のほぼ中間点にあたる海岸線に建てられた。五十年ほど前のことで、当時もいまも周囲に民家の一つもない寂しい場所だが、互いの漁協の利便性を尊重するとその選択肢しかなかったらしい。ならばせめて防犯カメラくらいはと言いたいところだが、それもない。

冷凍倉庫には一号扉と二号扉の二つの搬出入扉があり、北浜漁協が一号扉を、南浜漁協が二号扉を管理している。ただし建屋は一棟であり、内部の保管スペースはつながっていて、どちらの扉から入室しても出るのは同じ場所だ。

年末年始の長い休みが明けた一月四日早朝、北浜漁協のとある漁師が冷凍倉庫を訪れた。

仕事はじめだ。

北浜漁協から鍵を借り受けた彼は、一号扉の南京錠（なんきんじょう）をはずして開閉用の取っ手兼レバーを引いた。だがどれほど力を込めてもレバーはびくともしない。

何度も試したところで、隣の二号扉の南京錠がはずれていることに気づいた。南浜漁協の先客がいたのか——漁師は問題のある一号扉をあきらめて二号扉のレバーに手をかけた。しかしなぜかこちらもまったく動く気配がない。

片方ならまだわかる。二つの扉が同時に開かなくなるなど、明らかに異常だった。

やがて倉庫前に、北浜漁協のほかの漁師たちが集まりはじめた。漁師は数人の仲間と力を合わせて開閉レバーを引き続けたが、人の手ではどうにもならなかったようだ。

「困った連中は最終手段に打ってでた。レバーにロープをくくりつけて軽トラで引っ張ったんだ。それでやっと一号扉が半開きになった」

　ことこまかに状況説明をする矢野に目線を配るでもなく、リヒトは一心不乱に一号扉の開閉レバーを調べていた。手になじむよう緩やかな弧を描いたそれは、冷たい金属の塊で、いまは南京錠で厳重に施錠されている。

「軽トラで引っ張っても壊れなかっただけあって、かなり頑丈だな」

　リヒトが誰にとなくつぶやいた。次に扉全体へと視線を這わせる。

　片開きで外開きの扉は、襖（ふすま）二枚ぶんほどもありそうだ。ステンレス製で、断熱材が押し込まれているのか、十五センチほどの厚みがコンクリートの外壁から浮きでて見える。ならば扉を支える二組の蝶番（ちょうつがい）も、それなりの強度を有していると考えるべきだろう。そしてその条件は、十メートルほど隣にある二号扉もまったく同じだといえる。

「扉の総重量は……百キロじゃきかないか。下手に細工をしようとしたら、押しつぶされて猿渡よりも先にあの世へいってしまいそうだな」

「ちなみに扉の内側には、冷気を逃がさないようゴム製のパッキンが敷かれて、髪の毛一本も通さない構造だ」

「二つの扉以外に出入り口になりそうなものは？」

「ない。倉庫内部にある給排気用のダクトはパイプで冷凍機に直結しているので、ここから細工をすることはできない。ダクトの口径は小さく、人の行き来が不可能なだけでなく、室内の空気ですら循環して漏れることがない。つまりこの冷凍倉庫は完全な密室だったんだよ」

「矢野さん、お言葉ですが、外部から第三者が侵入できないだけで、この冷凍倉庫を密室とすることはできませんよ」

自分の間違いに気づいたのか、矢野が押し黙った。密室とやらに疎いわたしが「どういう意味ですか」と尋ねると、リヒトが応えた。

「外部の誰かが室内にはいれないから密室なんじゃない。室内に被害者以外の誰かがいたとして、その誰かが外に出られないから密室なんだ」

「そういうことだ」

矢野が北浜漁協から借り受けた鍵で南京錠をはずした。開閉レバーに手をかけながら続ける。

「この場合、猿渡を殺した者がいたと仮定して、犯行後にそいつが外へと脱出できないから密室なんだ。脱出が不可能であれば、そもそも殺人者なんていなかったことになる。だったら誰が猿渡を殺したのか。可能性は一つしかない。猿渡が猿渡を殺した。

つまり事故死、もしくは自殺だ。外の連中が入室できようができまいが、そんなことは関係ないんだ」

矢野の説明が終わると同時に、一号扉がぎしりと鈍い音を響かせた。

わずかに開いた隙間から、のれん状のビニールカーテンが見えた。その奥からは自動式のエアカーテンのファンが忙しく回転する音がした。その両方が内部を外気から守るための設備だったが、それでも白くゆらめきながら冷気は漏れてくる。真冬の海風とは比較にならない、皮膚を擦り切るような冷たさだった。

「準備はいいか。そんなに長くはいられねえからな」

倉庫の内部にはいった途端、体中の皮膚という皮膚が一気に粟立(あわだ)った。ニットの帽子、厚手のダウンの中にはセーター、スノーボード用のパンツにグローブという完全防寒の装いだったが、恐るべきはマイナス二十五度。この場所で眠りながら迎えた死が、いかに残酷だったかを思い知る。

リヒトを見やると、彼は熱心に扉の内側を観察していた。

内側は取っ手と開閉システムが独立している。外側の開閉レバーのちょうど裏側、床から一メートルほどにある金属製の取っ手は、ただ手でつかむためのものだ。隣にあるボタンを押すとその先にある、扉を貫通した芯棒が、外部の開閉レバーへと力を伝えて扉が開く。冷凍倉庫内部に開閉機構があると、凍結して機能しない場合があるので、そのような仕組みになっているらしい。

「矢野さん、この取っ手にロープが結ばれていたんですね」

リヒトがエアカーテンのやかましさに負けじと声を張りあげた。倉庫内の構造はすでに学習済みのようで、吐いた息が白く放射線状に広がる。

対する矢野はもともと声が大きい。いつものスーツ姿に薄手のコートを羽織っただけだが、震えもしない。手袋も証拠品取り扱い用のもので、寒くないのだろうかと心配になる。

「そうだ。もやい結びでがっちりとな。漁師ならお手の物だろ」

「ロープのもう一方の端は、扉から五十センチほどのところにあった、パレットの山にたるみなく結ばれていた」

「五枚積まれたパレットの一番上だ」

倉庫の外には、荷物を蔵置するための木製パレットが山積みされていた。百十センチ四方、厚さ十センチあるそれを計十枚、猿渡あるいは殺人者が内部に持ち込んでいる。なかなかの重労働だっただろう。

「そしてその上に、冷凍された海苔網を載せて重しにした」

「ああ、そこに積んであるやつだ」

漁師は秋口になると、海苔の胞子を養殖網に定着させる。そしてその網を冷凍保存し、順次海面で張り替えることで品質を維持するのだそうだ。この冷凍倉庫は主に冷凍海苔網の保管を目的に建造されている。

矢野が指差した棚には、大ぶりな段ボール箱に詰めこまれた海苔網が、整然と積まれていた。一ケースを大人一人がやっと持てる大きさで、重量もかなりありそうだった。

「扉が開いてわかったんだが、猿渡か誰か知らねえそいつは、パレットの上にその海苔網を山のように積み上げていたんだ。重量はゆうに二百キロ以上。軽トラでなけりゃ動かすのは無理だな」（図3）

軽トラのけん引力でパレットがずれ、わずかに開いた扉の隙間から、漁師たちは倉庫内へとなだれこんだ。

立ちならぶ収容棚と収容棚のはざま、そこで彼らが目にしたのは、胎児のように背を丸めて凍る猿渡の死体だった。屈強な男たちだったが、あまりの惨状に気分を悪くする者が続出したという。

リヒトが踵（きびす）を返した。

図3

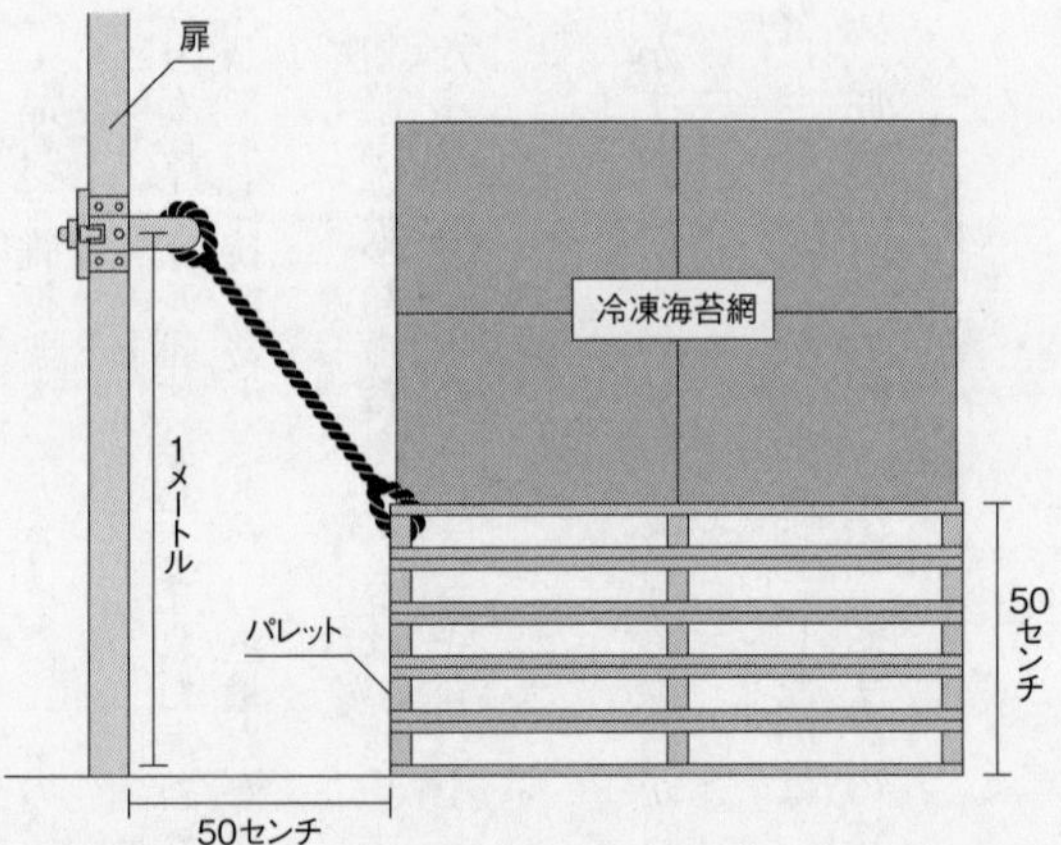

「取っ手とパレットのあいだのロープにたるみがなく、ロープを室外から結ぶ手段がなければ、犯人も外に出られなかったということになりますね。一応は密室の要件を満たしている。さてもう一つの入り口、二号扉はといえば……」

「基本的には一号扉と同じ状況だ。五枚のパレットの上に二百キロ以上の海苔網が積まれ、パレットの最上段と扉の取っ手がロープで結ばれていた」

「でも一号扉と違う点が二つありますね」

「一つ、南京錠が開かれていたこと。そしてその南京錠のコピーキーは猿渡が持っていた」

猿渡が自分の意志で倉庫内にはいったとすれば——あるいは何者かがそのようなストーリーをつくりたければ、二号扉の鍵が開いているほうが自然だといえる。

問題はコピーキーだ。

一号扉、二号扉の正規の鍵を借りるには、それぞれ北浜漁協、南浜漁協の貸出記録簿への記帳が要求される。事件前、猿渡や最有力容疑者である弓削の貸出記録はなかった。コピーキーの作成は固く禁じられ、これらの規則は、冷凍倉庫内に誰かがとり残されるといった事故を防ぐためのものだ。

しかし現に猿渡はコピーキーを有していて、それはつまり、弓削を含む両方の漁協関係者の誰もがコピーキーを持つ可能性を示している。そうなれば、施錠されていたか否かは、ほとんど意味をなさなくなる。

「それから二つめ」矢野が続ける。「外の水道で水を汲んできてぶっかけたんだろう。五枚のパレットは凍りつき、床に貼りついてびくともしなかった」

それも不可解だが、理由付けできないわけではない。二号扉は施錠されていないため、一号扉よりも外から侵入されやすい。そのぶん、密室の強度を上げたと考えられなくもない。

いずれにせよ、猿渡は自殺を邪魔されないために、両方の入り口を内部から封鎖して時間稼ぎをした、と警察は見立てたのだ。

リヒトは腕を組み、しばらく考えたあとに口を開いた。真っ白な息がわたしたちに降りそそぐ。

「これは他殺だ。自殺なんかじゃない」

「お、おまえ、もしかしてもうわかったのか」矢野が珍しくうろたえた。

「まだ扉しか見てませんよ。それで結論づけるのは……」

「早すぎる、って言いたいのかい？」

「当然です。死体発見時の現場検証で、堆積した霜の中からいくつもの遺留品が見つかっています。それらについての検証がまだ……」

「必要ない。ライター、丸められたレシート、ボールペンのキャップ……いつ誰が落としたかもわからないガラクタばかりじゃないか」

そこでリヒトは笑みを浮かべたかったのだろうが、寒すぎて口角がうまく上がらないようだ。

「間違いないよ。何者かに誘いだされた猿渡は、睡眠薬入りの缶コーヒーを飲まされて放置されたんだ。そして殺意をもって睡眠薬を飲ませた何者かは、密室を作り上げてこの場から立ち去った」

「どうしてそんなことが？　理由を、あなたの推理を教えてください」

「いやだ」

その一言にわたしたちは凍りついた。いや、矢野は一瞬憤怒の炎を燃やしたのかもしれない。だがそんなわずかな炎など蹴散らしてしまうほどに、室内は寒かった。

「さて、ホルツマン。事件を解明するためのヒントはすべて出揃った」

リヒトがわたしに向かった。髪と眉毛の先が白く凍りはじめている。肌も透きとおるように白い。その姿は神秘的ですらあった。

「さあ、きみの推理を聞かせてもらおう」

「ゆっくりしている時間はないよ。このままだとぼくら、遭難しちゃうから」

よりにもよってこの過酷な状況下で、このド偏屈が。どういうつもりだ——

全身はもはや抑えられないほどに震えている。煮えくりかえる気持ちを抑えながら、わたしはひとまず矢野の様子をうかがった。

矢野は苦虫を嚙み潰したような面持ちだった。年長者として一言文句をつけたいが、リヒトの機嫌を損ねて事件が迷宮入りするのもまずい、といった感じか。わたしに送られた視線が、適当にあしらってなんとかしてくれ、と言っているようでもある。

役に立たない。遭難せずにすむか否かは、わたしの双肩にかかっている。覚悟を決めて、冷え切った頭をフル回転させる。

この密室の最大の特徴は言うまでもない。

マイナス二十五度という極低温——視界にはいるものすべてが、白く硬く凍りついている。

そうか、氷。

氷のナイフに、氷の鍵——ミステリーに氷は定番のアイテムだ。

扉の開閉のたびに湿気を帯びた外気が結露するのか、扉の周りの床は所々で氷結し、何度も足をとられそうになった。壁や天井から剝落した氷片も散らばっている。そこに犯人がトリックに使用した氷が多少紛れたとしても、あるいは解けて一体化してしまえば、なおさら証拠は残らない。

グローブの中の指までかじかんできた。わたしはさっそく試してみた。矢野も手伝ってくれる。無言なのは、平気そうに見えても、もう口が動かないからだろう。

もやいの結び目に氷の楔を押し込んで、ロープにたるみをつくる——無理だ。

氷のドアストッパーを使い、脱出後に自動的に扉が閉まるようにする——そもそも困難なのは、密室を保ったまま開けるほうで、閉めるほうではない。

忘れていた。氷は滑る。氷のそりの上にパレットをのせて……——なぜそんな馬鹿なことを考えたのだろう。だめだ。寒さで頭が働かない。

「ずいぶん苦戦しているようだね」

はっきりとは聞きとれなかったが、リヒトは奥歯をかたかた鳴らしながらそう言っているようだった。彼もまた凍えているのだ。自分の身を犠牲にして、どうしてそこまで意地悪になれるのだろう。

「ヒントをあげよう」

「ヒント？　それだけ!?」正しい日本語が信条のわたしが、それだけで精いっぱいだった。

「二号扉も一号扉と同じ細工をするだけで、密室を完成させるには十分だった。なのになぜ犯人は、わざわざ外部から水を運び、パレットに振りかけて氷結させたのか。それでは一号扉の合鍵を持っている可能性がある者、例えば弓削が疑われるだけではないか。なぜそんなリスクをとった？」

たしかにそのとおりだ。手間をかけるメリットが思い当たらない。

「そのヒントは、第一次予選ロックドルーム・マーダー・セクション　小問(2)にある」

なぜこの極限状態でO2テストを話題にするのか――

怒りに近い疑問が沸いたが、もう指摘する余裕はなかった。わたしはかじかむ手でスマートフォンを取り出し、わずかに電波のとどく扉付近で検索を開始した。

第一次予選ロックドルーム・マーダー・セクション　小問(2)――

ロックドルーム・マーダーは『密室殺人』を意味し、セクションに限れば、いまの状況にふさわしくはある。

第一次予選においては、参加者を広く募るため、ミステリー初心者でも簡単に解けるサービス問題も出題された。『アパートの住人が殺害された』ではじまる小問(2)もその一つだった。

まずは、唯一の出入り口であるドアには鍵がかかっていないものの、チェーンロックは機能していて、わずかに開いたドアの隙間から、奥に横たわる死体が見える密室が提示される。これに対して『犯人はチェーンロックに細工をすることで密室を構築している。トリックに使用したアイテムを以下の選択肢から選びなさい』という、択一問題だった。

選択肢には、糸、アクリル板、氷、注射器などがあり、『氷』が正解だった。

犯人は被害者の冷蔵庫に保管されていた氷を用いて、犯行後、チェーンロックが自動的にかかるようにしたのだ。


ミステリーにほとんど縁のないわたしでも即答できるほど、簡単な問題だった。それゆえになぜリヒトが俎上(そじょう)にのせたのか、ますますわからない。

「実はその問題。ぼく、不正解だったんだ」

「えっ？　まさか」

第一次から第四次までの予選で最高総合得点を獲得したリヒトが、ありえない。

「正確には間違えたんじゃなくて、解答を拒否した。パリティなんだよね」

パリティ——本来の意味は真逆だが、リヒト流にいえば、パズルに解答が存在しない、あるいは解答が二つ以上存在して、パズルの体をなさない状態を示している。

だがこれまでに解決してきた事件と違い、小問(2)はあくまで机上の問題だ。状況はシンプルに明示され、複雑な要素がからむ余地がない。

「条件によっては、解答が存在しないんだ、その問題は」

「どういう意味です？」

「チェーンロックの周囲が氷点下だった場合、そのトリックは成立しない。問題には、事件発生時の気温に関する記述がないからね」

リヒトの回答にわたしは呆れるほかなかった。作問に不備があったとしても、揚げ足とり、屁理屈のそしりはまぬがれないだろう。

しかし「条件がなければ、常温に決まっています」と反論しようとしたところで、わたしは気づいてしまった。

「やっと気づいたようだね。小問⑵のトリックも、世にある氷のトリックの多くも、氷が解けてなくなるという特性を活かしている。だが、マイナス二十五度の冷凍倉庫の中では……」

「氷は……解けない」

わたしはすっかり思い違いをしていたのだ。

仮に氷でトリックを構築して、それが犯行後に破壊され氷片に化す場合であっても、痕跡は残る。隠せるようなものではないし、事件後の現場検証で人為的に加工された氷塊は確認されていない。

では、マイナス二十五度だからこそ可能なトリックはなにか。

滑らせる——検討済みだ。違う。

堆積した霜を固める——もうすこしか。

かたちのない水をかたちのある氷に変える……

わたしは二号扉を見た。事件当時、二号扉の前のパレットは、水がかけられて凍っていた。

「いま二号扉を見たよね？」

「えっ？」

見返ると、顔面蒼白(そうはく)のリヒトが小刻みに手足を震わせていた。

「氷を固めてなにかをした、と思っているんだったら、不正解だよ。水を氷にするにはそれ用の型が必要で、氷を水にするトリックよりもずっと複雑なんだ。犯人はミスリードのために、二号扉前のパレットをあえて凍らせたんだ」

「ミスリードということは……」

「他殺を前提として捜査がはじまったとき、氷のトリックが疑われることを犯人は見越していた。というよりも、氷のトリックが疑われるようあえて誘導したんだ。氷を解かすほうのトリックが検証しつくされたあとには、二号扉の、氷を固めるほうのトリックに移ることも予想していた。そうなればしめたもの、捜査はまったくの見当違い。迷宮入り寸前だ」

「ということは、わたしは？」

「まんまと犯人の策略にはまったってことだよ」

ミスリードならミスリードでいい。騙(だま)されたなら騙されたでいい。

冷え切った冷凍倉庫の中でなくても、事件を解決してからいくらでも解説できるではないか。自分の身を削ってまでずいぶんな遠回りをしてくれるこの男、どういう神経をしているのだろう。

「ちょっと待ってください。二号扉がダミーだったとしたら」

「そう、犯人が脱出したのは、一号扉からなんだ」

「ごめんなさい。もう限界です」

見栄(みえ)を切った途端、リヒトが音を上げた。やせ我慢をしているのはわかっていたが、それにしても先ほどまでの強気が嘘のようだ。

「一度出ませんか。パレットを中に持ちこんで、扉のトリックを再現したいですし」

我慢くらべを挑んだ張本人が白旗を上げた。さんざん振り回されたわたしとしては納得がいかないが、それ以上に体がついていかない。矢野も同じ境地のようで一言だけ釘(くぎ)を刺す。

「それで、現場を再現したら、今度こそおまえの推理を聞かせてくれるんだな」

「もちろんです。とてもじゃないけどやってられない。さあ、出ましょう！」

だったら早いに越したことはない。わたしたちは先を争うようにして一号扉から飛びだした。真冬の外なのに暖かい。そう思ってしまうほどに体は冷え切っていた。

矢野が、倉庫脇の自動販売機で温かい缶コーヒーを買ってくれた。猿渡が末期（まつご）に飲んだ缶コーヒーもこの自動販売機で買われたかと思うと、気分が重くなる。小銭を投入したくても指が震えてできない様子は滑稽だったが、笑う者はいなかった。

缶コーヒーを受けとると、両手で握りしめて暖をとった。しばらくしていざ中身を飲もうとしたところ、三人が三人とも震えてプルトップに指がかからない。このころには、やっと笑う余裕が出てきた。とはいっても、顔はどうにも引きつったままなのだが。

とりあえず休憩はとった。

矢野が一人で一枚、わたしとリヒトがペアでもう一枚と、倉庫内にパレットを運んでいく。五枚すべてを運び終えたところで、空き缶を捨て忘れたことに気づいた。

「捨てないで」ゴミ箱に向かうわたしをリヒトが制止した。「コーヒーのショート缶だけで二十本ほしい」

リヒトがなにを考えているかはわからなかったが、言われたとおりゴミ箱を漁り二十本分を確保した。

「こんなもの、どうするんだ」矢野が訊いた。

「実験につかうんですよ。解決編に必要なんです」

「さてこれで、おおよそ当時の現場が再現できた」

再び戻った一号扉の内側で、矢野がおおよそとしたのは、実際の現場と若干の相違があるからだ。

木製パレットの上にあった二百キロもの海苔網は、トリックそのものには関係ないとのことで省略された。また取っ手とパレットのあいだのロープはもやい結びで結ばれていたが、わたしたちのなかにもやい結びができる者がいなかったため、蝶々結びに変更された。ただしロープはたるみなく、五枚重ねられたパレットの最上段にがっちり固定されている。

リヒトは満足そうにその様子を眺めると、語りはじめる。

「矢野さん、実際にパレットを運んでみてどうでした？」

「思ったとおり、重労働だったな。おかげで体が温まった」

マイナス二十五度の冷気に晒されて、年下のひきこもり探偵もどきにこきつかわれても、矢野は前向きだった。

たしかに重い。実際に手にしてみて、パレットは一枚で十キロほどの重量だと感じた。それを犯人は一号扉用と二号扉用に計十枚も運びこんだ。さらに二百キロの冷凍海苔網が二セット、すべてあわせると五百キロもの荷物を動かしたことになる。

「そのとき、思いませんでしたか」リヒトが訊いた。

「えっ、なにを」

「パレットが保管されていたのは、倉庫の外。必要なのは、倉庫の中。行ったり来たり大変なのに、どうして五枚もいるのかなって」

「そりゃあそうだが……」

「ここです」

リヒトは五枚積まれたパレットの最下段を指差した。

「一枚だけパレットを運びこんで、ここにロープをくって重しを載せたとしても、一号扉を封鎖できるんじゃないですか」

取っ手とパレットの距離は遠くなるが、ロープの長さには余裕がある。十分に可能だ。

「そうすれば、二号扉の細工は一号扉のコピーだから、こちらも一枚ですみますよね。十引く二、八枚分の余分な労働。どう考えても合理的じゃない」

「まあな」

「それからパレットを置く位置。扉から五十センチしか離れていない。もうすこし扉から離せば、窮屈な思いをせずもっと簡単にロープを結べるのに」

「じゃあ、パレットにトリックが仕込まれていたのか」

「そういうことです。犯人にはどうしても五枚必要だった。扉から五十センチという位置も必然だったんです」

声がしばし消えた。聞こえるのは、冷凍機のファンが回る音のみ。沈黙を打ち破ったのは、やはりリヒトだった。

「ちょっと手伝ってください。先ほど予告した実験をしてみたいんで。それからホルツマン。ペンを貸してくれないか」

リヒトに私物を貸すのは勇気がいるが、事件解決のためであれば仕方がない。ペンを受けとると、リヒトは最下段のパレットの角に接した床、四か所にマークをつけた。そしてせっかく積み上げたパレットをすべてどかせ、と言う。従僕たるわたしたちは、最上段のパレットをロープがつながったまま一号扉に立てかけて、残りの四枚をその場から移動させた。パレットがなくなった床には、リヒトが書き記した四つのマークだけが残っている。

「さあ、はじめましょう」

手にしていたのは、わたしがゴミ箱から漁った空き缶だった。リヒトは空き缶をマークの上に立てていく。四か所すべてに置き終わると、次の指示。

「この空き缶の上にパレットを一枚載せてください」

言われたとおりにした。すると今度は、そのパレットの四隅に四本の空き缶が置かれる。またパレットを載せろ、と言われる。その繰り返しで五段目まで到達した。このためにできあがったのは、パレットと空き缶の塔だ。二十本も集めさせたのは、このためだったのか。

いま、最上段のパレットは取っ手と同じ高さ、床から一メートルほどのところにある（図4）。

そして結び目と結び目のあいだで、一分のたるみなく張り詰めていたロープは、重力に負けて緊張感を失い、緩慢な弧を描いていた。

リヒトが、ロープの、もっとも垂れ下がった部分をつまみながら言った。

「三平方の定理、またはピタゴラスの定理。日本では中学で必修みたいなんだけど、アメリカでも習うよね」

$$a^2 + b^2 = c^2$$

直角三角形における、直角を介する二辺ともっとも長い辺の、長さの関係を示す公式——

ここではそれぞれ、扉とパレットの距離五十センチ、約十センチのショート缶が五つ連なった高さ、そして結ばれたロープの長さを意味する。

図4

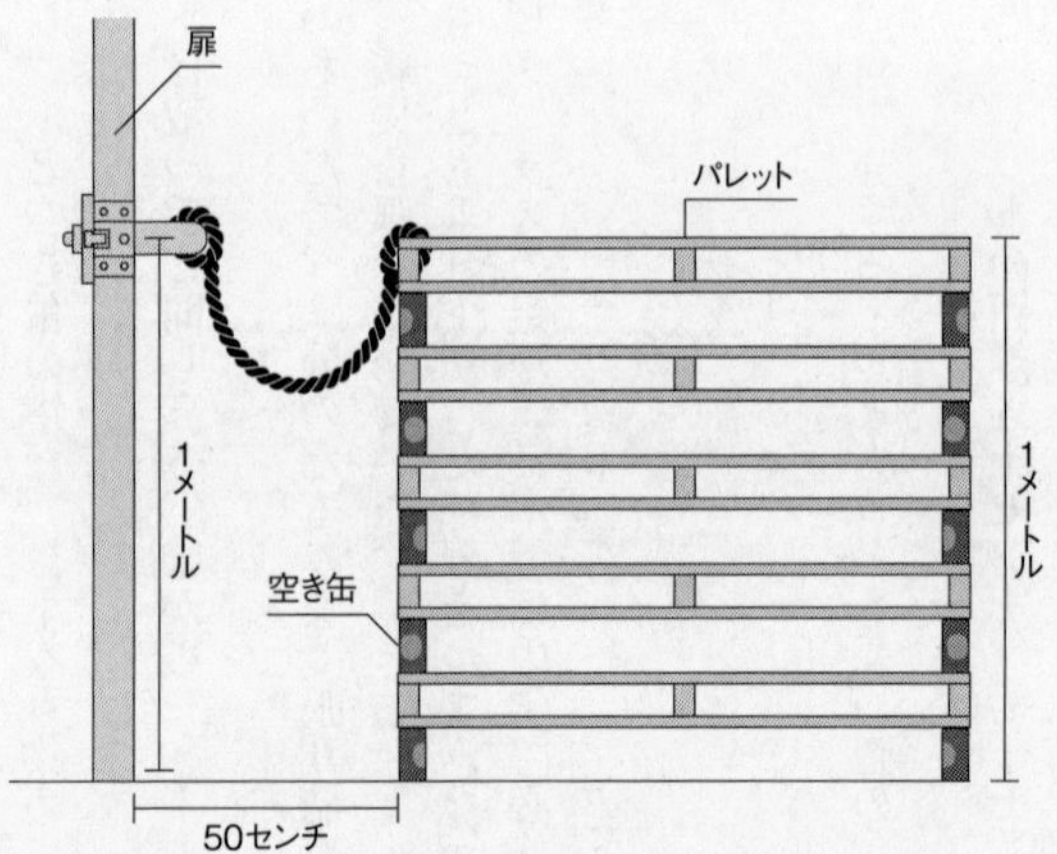

計算上では、水平に張ったロープとその五十センチ下に張ったロープでは、約二十センチの差が出てくる。

リヒトが開放ボタンを押して取っ手に力をこめた。たるんだロープが張りを取り戻す。

扉はわずかに開いた。

「それでは、実際に通れるか、試してみましょう」

「おれは無理だ」と矢野が腹をさすりながら拒否する。賢明な判断だ。

「わたしがいきます」

隙間はせまく、普通の体勢で通れないことは明らかだった。

わたしは張り詰めたロープをくぐり、扉を背に体を横にした。そのまますり足でゆっくりと外を目指す。

凍りつくような金属の感覚を背中に受け、それが途切れたとき、わたしの体は扉の向こう側へと出た。

外気はやはり暖かくもうすこしそのままでいたかったが、伝えたいこと、たしかめたいことがある。ただちに中へと引きかえした。

「通れます。通れました！」

同時にわたしの脳裏には、写真で見た弓削省吾の姿が浮かんでいた。背が高くひどく瘦せぎすな、漁師らしからぬ体軀(たいく)。弓削ならば、通り抜けることが可能だろう。そして彼は一号扉を施錠した。

先の見えなかった事件に、ほのかな明かりを感じた。

だが一方で、リヒトにたしかめなくてはならない。

このトリックには重大な欠陥がある。

それをどうやって克服するのか、と。

「この方法で間違いないんだな」

矢野も同じ懸念を抱いているようで、パレットのあいだの空き缶を指で確認しながら念押しした。

「ええ、間違いありませんよ」

リヒトの返事に躊躇(ちゅうちょ)はなかった。対して矢野は、リヒトのプライドを傷つけないよう、言葉を選んで慎重に問いかける。

「あのな、おまえの言った理屈はわかった。わかったんだが、なんというか、まさか犯人は本当に空き缶をトリックに利用したのか」

「いえ、そんなわけありませんよ。空き缶はたまたま手元にあって、都合がよかったんでつかったまでです。代替品ですよ」

リヒトが無邪気に笑う隣で、わたしは胸を撫でおろした。矢野も大きく息を吐いて安堵の表情を浮かべている。

実際に二十本もの空き缶がつかわれたとなれば、厄介なことになる。事件当時、倉庫内で発見された空き缶は、猿渡が口をつけた一つだけだったからだ。

このトリックは、五十センチのパレットの山を一メートルまでかさ上げすれば完成するわけでない。犯人が扉から脱出したあと、再び五十センチの高さまで戻すために、各段四つずつ置かれた空き缶を除去する必要がある。パレットの上に二百キロもの重量物が載った状態で、そんなことが可能なのか。しかも取り除いた空き缶を放置するわけにもいかず、すべてを外部へと持ち出さなくてはならない。

わたしは尋ねた。

「教えてください。空き缶ではなかったとしたら、いったいなにをつかったのですか」

「そう、なにをパレットのあいだにはさんだのか。それが、このトリックの最大のポイントなんだ」

リヒトは大きく天を仰いだ。そして憂いを帯びた視線をくれる。

「氷だよ」

「氷⁉　氷では不可能だとあれだけ繰り返してきたのに、氷なのか」

矢野がほとんど絶叫した。極寒の冷凍倉庫内で試行錯誤した苦労はなんだったのか、と抗議しているようでもある。わたしも同じ心境だった。

「リヒト、あなたは言いましたよね。マイナス二十五度の世界では、氷は解けない。仮に破砕したとしても、氷片が証拠として残ると。五十センチもかさ上げするには、相当量の氷が必要となるでしょう。ですがそんな痕跡はなかった」

「きみがどう思おうとも、事実は事実だ。犯人は氷を利用した。そしてその氷を解かして、徐々にパレットの高さを下げていった」

解かしただと――矛盾している。まったく意味がわからなかった。

「あなたがエキセントリックなのは十分承知しているつもりです。だから多少の譲歩もします。ですが、納得いきません。万が一、万が一ですよ。パレットの氷が解けたとしましょう。そのあとは、どうなったのでしょうか」

「一号扉、もしくは二号扉から外へ」

ますますわからなくなった。

事件後、二つの扉は五日間以上封鎖されていた。それでどうして外に持ち出せるのだろう。

「ホルツマン、まだわからないのか。目に見える氷は、迷彩にすぎないんだ。犯人は解けないものばかりの密室で、唯一解ける氷をトリックとして配置したんだよ」

「唯一解ける氷……ですか」

「ただし氷といっても、ただの氷じゃない。はっ、はっ、はっ」

そこで三連続のくしゃみが射出されると、倉庫の壁に反響して荘厳にこだました。長居がたたったのだろう。

せっかくの決めゼリフを前にして、リヒトは鼻水をすすった。

「ドライアイス。昇華──固体が気体になる温度は、マイナス七十八・五度。つまりマイナス二十五度でも十分に解ける。事件発覚直後に気分が悪くなった者が多数でたが、それは死体を見たからじゃない。ドライアイスが気化したことによる、軽度の二酸化炭素中毒だろう。そして高濃度の二酸化炭素は、二つの扉を通じて徐々に外気と入れ替わり、証拠は残らないってわけだよ」

＊＊＊

冷凍倉庫での謎解きから一週間が過ぎ、わたしは再び判治邸を訪れた。

持参したのは、千疋屋(せんびきや)のフルーツバスケット。

今回ばかりは和美のためでなく、リヒトのために用意した。同僚に尋ねたところ、日本でお見舞いの品といえば、フルーツの盛り合わせが定番なのだそうだ。

「ごめんなさいね。せっかく来てもらったのに、またぶり返しちゃったみたいなの」

和美によれば、氷点下で我慢くらべをしたあの日、リヒトは帰宅と同時に発熱した。数年来のひきこもりが、自分の抵抗力のなさを忘れて調子にのったばかりに、風邪を引いたのだ。何日も高熱にうなされたという。

自業自得との思いはあるが、若干はわたしも責任を感じている。やっと快方に向かったと聞き今回の訪問となったのだが、早めに退散したほうがよさそうだ。

「そんなこと言わないで。大事なユキさんにうつしちゃいけないから、ドアの外からでいいの。ちょっとだけ話していったら。リヒト、喜ぶわよ」

結局、和美の押しの強さに負けた。わたしは和美が席をはずしたのを見計らい、ドアに向かって話しかける。

「リヒト、おきていますか」

「眠ってた……が、きみがおこした」

「それはすみません。体調はどうですか」

「悪い。最悪だ。死ぬかもしれない。きみたちのせいだ」

どう考えても死にそうな人間の声ではない。

見え透いたこどもの手、仮病だ。間違いない。もう治っている。

安心した。それでもリヒトは、ごほん、ごほん、といかにもわざとらしい咳で悪あがきをする。すこしからかってみるのも、悪くない気がした。

「大丈夫ですか」

「大丈夫じゃない。大丈夫なわけがない」

「それはお気の毒に」

「お気の毒？　それだけなの？」

「ええ、ほかになにがあるんです？」

「もういいよ！　それで事件はどうなった？」

「警察が弓削の身辺を洗っています。ドライアイスの件でたくさん証拠が出てきているみたいですよ。矢野さんの話では、身柄の確保は時間の問題かと」


ドライアイスは気化して証拠は残らない――

あの日、リヒトは言ったが、それは現場内の物的証拠に限ってのことだ。調達の際の足取りは消せない。

パレットを五十センチかさ上げするには、ドライアイスは四隅に高さ十センチ、五段ぶん、それでいて冷凍海苔網の、二百キロもの重さに耐えられる量が必要となる。

リヒトはこうも指摘した。

まとまった量のドライアイスを入手するには、専門の業者に直接出向くか、通販か、いずれかの方法に限られる。後者の場合、足のつきやすい自宅には直送させず、運送業者の営業所止めになっているはずで、その二つの経路をしらみ潰しにすれば、犯人の動きがつかめるだろう、と。

助言にしたがい警察は、二つの経路を徹底的に捜索した。

その結果、現場から遠く離れた複数の宅配業者の営業所で、事件直前に大量のドライアイスを引き渡した記録が発見された。防犯カメラの映像を確認したところ、受領したのは同一人物――背が高く細身の男であることがわかっている。あとは営業所近辺の防犯カメラをたどっていけば、当日の弓削の行動履歴が特定できるだろう。

また警察独自の判断で、瀬取りのルートも捜査がはじまった。立件にあたってはこちらの線が本命で、猿渡と弓削の役割について解明が進んでいる。

くわしい内容までは明かされなかったが、二人は取引で大きな失敗をしたらしい。取引相手からの責任追及は熾烈で、つまり脅迫から逃れるために猿渡は、警察への出頭を考えていたのでは、と推測されている。

そして責任転嫁と口止めのために、弓削が猿渡を殺した、というわけだ。

「ふうん、あらかたぼくの予想したとおりだった、ってことか」

わたしが捜査の進行状況を報告し終わると、ドアの向こう側でリヒトが勝ち誇ったように言った。風邪引きだという当初の設定はすっかり忘れてしまったのか、声に張りがある。いつものリヒトでますます安心した。

　さて、用件はすんだ。

「そろそろ失礼します。それではお大事に」

「えっ、もう帰っちゃうの？」

「ええ、帰りますよ。それともまだなにか、あります？」

「えーと……ある。話したいこと、あるよ」

「なにをです？」

　リヒトはすこし時間をおいて、こう言った。

「ＲＳＡ暗号における、素因数分解以上に効率的な解読可能性について」

　わたしはほとんど吹きだす寸前だった。

「そんな話題、女性が喜ぶと思いますか」

「そうなの？」

「ほとんどの女性が興味ないと思いますよ。なんなら男性も」

　リヒトは黙った。本心からわたしを喜ばせようと思って、難解な話題を選択したらしい。すこしからかいすぎたかもしれない。

「ですが、幸運なことにわたしに限っては有効です。こみいった話になりそうなので、部屋にお邪魔してもよろしいですか」

「うん」と返事があるのを待って、わたしはドアのノブに手をかけた。

Case 5

ダイムの遺言

マイナス二十五度の密室殺人事件が解決して一か月が経ち、わたしは再び判治邸を訪れた。冬の寒さはいくぶんやわらぎ、日差しに暖かさを感じるようになったが、庭木が色づくまでにはもうすこしかかりそうだ。

格式ばったスイーツばかりでは気をつかわせるだろうと思い、今日は飾りっ気のないブラウニーを持参した。上野谷中の細い路地にある、小さな店の定番商品で、味はよいとの評判だ。

そんな小品でも和美は「気をつかわないでね」と言う。

その認識は正しい。和美はリヒト攻略のキーパーソンだ。わたしはずいぶん気をつかっている。

一か月も経てばなにかしらの変化はあるかも、と願いつつリヒトの部屋に臨んだが、期待しただけ無駄だった。そびえたつ書籍とフラットファイルの塔に囲まれてリヒトがたたずむ光景は、どうにも代わり映えがしない。

わたしは以前の所作を思い出し、カラフルなフラットファイルを四方八方に振り分けることで、自分のスペースを確保した。正座で対面する。

先手を打ったのはリヒトだった。

「やあ、ホルツマン。ぼくも会いたいと思ってたところだよ。さっそくだが例の件、どうなった？」

「例の件とは？」

「はぐらかさないでほしいな。借金だよ、借金」

リヒトが珍しく上半身を乗り出した。なぜか機嫌が悪そうだ。

「極東ソフトコマース社長殺人事件を解決して、三万ドルあった借金が二万八千ドルになった。ぼくが報告を受けているのは、ここまで。それから自殺予告配信事件と高須家の殺人、そしてこの前の密室殺人事件を解決している。でもまだ報酬額を聞かされていない。もしかして踏み倒すつもりなのか」

なんだ、そんなことか。

借金をしているのはリヒトのほうなので恐ろしく理不尽な言い分だが、こちらに落ち度があるのもたしかだ。

「そんなつもりはありませんよ。報告が遅れて申し訳ありません。自殺予告配信事件が千五百ドル、高須家の殺人が千ドル、密室殺人事件が二千ドルとの算定です。差し引き残高は二万三千五百ドルになりました」

「三つも事件を解決して、たったの四千五百ドル？」

リヒトが勢いよく立ち上がった。この部屋で立っている姿を見るのも、大声を聞くのも初めてだ。

「どういう計算をしているんだ、きみは！」

「誤解しないでください。わたしが計算しているわけではありません。わたしが作成した報告書をもとに、財団の本部が報酬額を決定しています」

「だとしても、殺人事件を解決してたった千ドルなんて、きみだっておかしいと思うだろ！」

「高須家の殺人のことですか」わたしは正座をしたまま応えた。「その件の正式な依頼者は矢野さんであって、わたしはただ仲介者として立ち会ったにすぎません。それで報酬がもらえるのであれば、日本語で言うところの〝御の字〟ではありませんか」

積極的に喧嘩を売るスタイルだ。わたしは本部からとどいた算定根拠のコメントを、多少脚色した上で代読したにすぎない。

とはいえリヒトの活躍は目をみはるものがあり、対価が低いとは感じている。報酬額の決定にオリバーが関与しているのは間違いなく、リヒトを飼い殺しにするつもりなのかもしれない。

「御の字だと？　どの口が言う！　借金の弱みに付けこんで、不当な低賃金でこきつかう。これは過剰な搾取ではないか。ぼくは断固抗議するぞ」

ただのひきこもりなのに、労働組合の代表にでもなったつもりなのか。借金だって自分で蒔いた種、しかも予選通過褒賞金詐欺の行き着いた末だ。悪ノリがすぎる。つきあっていられない。

「でしたら、絶好の機会です。抗議したらよいではありませんか」

意表をつかれたようで、リヒトは「えっ、誰に？」と間の抜けた声を返す。

「ビットクルーの最高経営責任者であり、オリバー・オコンネル財団の理事長でもある、オリバー・オコンネル本人にですよ」

我ながら依頼を切り出すよい口実ができたと、ほくそ笑んだ。


「今回はオリバー本人からの依頼です」

「妙な言い方だな。依頼ってことは、事件じゃないのか」

こまかいところを突いてくる。極東ソフトコマース社長殺人事件は、オリバーがリヒトのために選んだ事件だったが、今回は違う。

「事件性はまったくありません。オリバーが挑んでいる謎解きに協力してほしいのです。その過程で彼と直接コンタクトをとる場面もあるでしょうから、どうぞ報酬額の交渉もしてください」

「で、なんなの、その謎解きって？」

「実は先週、極東ソフトコマースの城ノ戸社長からオリバー宛に手紙がとどきました」

「手紙？　それって発信日時を指定したメールのことか」

「いいえ、切手が貼られた物理的な手紙です」

リヒトが幽霊でも見たかのように表情をこわばらせている。わたしはあえて回りくどい言い方をすることで、その顔が見たかったのだと思う。城ノ戸は去年の八月、東村良弘の手により殺されている。

「手紙といっても、中身は正真正銘城ノ戸社長の直筆でしたが、差出人は顧問弁護士です。城ノ戸社長の死亡が確認されてから、半年後に投函されることになっていました」

「へえ、凝ったことをしたんだね」

険しかったリヒトの目元がゆるんだ。その顔も悪くない。

「で、なんて書いてあったの」

「城ノ戸社長はオリバーにとある暗号を残し、それを解くよう指示しています」

手紙のコピーを取り出した。リヒトの英語の読解能力には問題なさそうだったが、わたしが本文を翻訳している。

〝親愛なるオリバー・オコンネル

長らく便りを出さず申し訳なかった。元気にしているだろうか。

わたしは元気だと言いたいところだが、きみがこの手紙を読んでいるということは、そうも言えない状況のはずだ。

　残念ながら、半年前にわたしは死んだ。

　わたしが悔やみの言葉など必要としない人間であることは、きみが一番よくわかっていると思う。だからわたしの死を知らなかったとしても、気にしないでほしい。

　弔いを頂戴する代わりと言ってはなんだが、一つ、頼みたいことがある。探偵特化型ＡＩの構築を夢見るほど、無類のミステリーマニアであるきみに一興を講じてみた。

（学生時代、エドガー・アラン・ポーと聞き違えたわたしにきみは、日本人のくせにエドガワ・ランポも知らないのかと激高したのをおぼえている。いまとなってはよい思い出だ）

　実は、わたしには娘がいる。

　おや、ジュンには息子しかいなかったはずだが、と思うかもしれないが、そこは察してほしい。残念ながら法的な親子関係は築けなかったが、彼女は間違いなくわたしの娘だ。名前をホウジョウ・チエコという。

　この手紙には暗号表が同封してある。頼みとは、チエコと協力してその暗号表の謎を解いてほしいということだ。ただし一つだけ約束してもらいたい。

　約束とは画像検索、ＡＩの活用など、ネットの力を一切頼らないこと。せっかくの趣向が台無しになりかねないからね。あとは、ほかの誰かに助けを求めるのも自由だ。

ミステリーマニアとしての矜持にあふれるきみなら、この約束をかならず守ってくれるものと信じている。

いろいろ訊きたいことはあるだろうが、すくなくともわたしの言いたいことはすべて記した。

さあ、存分に暗号表の謎を楽しんでくれたまえ。

長寿と繁栄を　キノト・ジュン

追伸　こちら側にきたわたしは、きみと再び会える日を心待ちにしているだろうが、人生は不可逆だ。きみにはさんざん回り道をして、わたしを焦らしに焦らしてくれることを望む〟

わたしは手紙を読み終えると、同封された暗号表をリヒトに手渡した。そこからわかるのは、明らかに漢字だけで構成されているという、一点だけだった。

「達筆だね。というより達筆すぎるな」

「くずし字、草書体と呼ばれる書体だと理解しています」

暗号表は毛筆で書かれていた。極度に字画が省略されているので、日本語ネイティブではないわたしには、どこからどこまでが一文字なのかを判別することすら困難だった。

「ホルツマン、オリバーは日本語を話せるのか」

「語学にはほとんど興味がないので、たぶん『コンニチハ、アリガトウ』レベルだと思います」

「草書体には、それなりに素養のある人間にしか読ませないという、暗号に似た側面があるんだよ。ネイティブのぼくですら読めない書体を、日本語のほとんどわからないオリバーに託すとは、よほど画像検索をさせたくなかったんだね」

リヒトにも読めない、と聞いてほっとすると同時に、あらかじめ書道の専門家に相談しておいてよかったとも思う。わたしがそれを伝えようとすると、リヒトが先を制した。

「でも、いかに筋金入りのミステリーマニアとはいえ、それ以上にオリバーは筋金入りの合理主義者で電脳至上主義者でもある。まどろっこしい作業が大嫌いで、結局、画像検索しちゃったんじゃないの？」

さすがは似た者同士のリヒトだ。よくわかっている。

「ええ、オリバーはその場で約束を破り、ただちに画像検索をおこないました。適合率九十九パーセントでヒットした画像には、オリバー宛にメッセージが付記されていました」

わたしはスクリーンショットを提示した。

〝オリバー、約束を破ったな。

非常に残念だが、きみはわたしの唯一の友人だ。一度だけは許そう。

警告だ。二度とネットを頼るな。さもなければ謎は、永遠に謎のままで終わるだろう〟

「あはっ、城ノ戸社長もオリバーがズルをすると見越していたんだ」

リヒトが手を叩きながら無邪気に笑った。城ノ戸を含めて、似た者同士三人で三つ巴、化かしあいの感がある。

「城ノ戸社長はオリバーと肩をならべる天才エンジニアです。ネット上にトラップを仕掛けて、足を踏み入れた途端、自動的に暗号表の謎を抹消させることも可能です。オリバーはネットに手を出すのをやめました。トラップを怖れたというよりも、純粋に謎解きを楽しみたくなったようです」

「それが賢明だね。せっかくなんだから、ルールを守って楽しんだほうがいい」

「とはいえ日本語がベースになった暗号なので、まずはわたしが協力を求められました」

「で、手に負えなかったから、ぼくのところにきたんだ」

そのとおりなのだが、もうすこしマシな言い方はできないものか。リヒトは続ける。

「抜かりのないきみのことだから、書道家に草書体を楷書体に変換してもらうくらいはしてるよね」

見透かされていた。褒められているのか、貶（けな）されているのか。どちらかわからないままに「ええ、まあ」と応えた。楷書体に変換された暗号表を差し出す。

安冬青段完花肖有参畓神秋甬曼針養虎易覃未免若喜盧
交成春豊師尊桀雪占平复堅包京弱念付甾里周希柬圭少

「漢字しかない。これをオリバーに解けとは、城ノ戸社長もずいぶん無理を言ったね。日本語を習得したきみですら匙（さじ）を投げるほどなのに」

そうだ。〝匙を投げる〟という慣用句を理解できるわたしにも意味がわからないのに、『コンニチハ、アリガトウ』レベルのオリバーの手にあまるのは当然だろう。

「漢文ではないようですが、この漢字の羅列には意味がありそうですか」

暗号表には、安、冬、青といった比較的意味のはっきりした漢字と段、覃のようなあまり見かけない漢字が混在している。

「いや、まったく意味はないよ」

リヒトが即座に答えた。そうだろうと同意しつつも、違和感がある。

意味はなさそう、ならわかる。

なぜまったくないと断言できるのだろう。

わたしは背中に冷たいものを感じた。

「もしかして……リヒト、謎が解けたんですか」

「うん、だいたい」

まさか、信じられない。

楷書体に変換された暗号表を見て一分も経っていない。動揺のあまりにわたしの声は震えた。

「意味がないのであれば、この暗号表はなにを示しているんですか」

「さあ、いまの時点ではわからないけど、たぶん手紙にあったホウジョウ・チエコさんに会えば、はっきりすると思うよ。彼女の協力が不可欠だ」

「チエコさんには、先日お会いした際にこの暗号表を見てもらっています。彼女は全然わからないと言っていましたが」

「それはね、チエコさんに謎が解けてしまうなら、その謎には意味がないからだよ」

チエコさんに謎が解けてしまうなら、その謎には意味がない――

禅問答のような言い回しだった。城ノ戸はチエコに謎が解けないことを予想した上で、問いかけたのか。いずれにせよ、面会すればリヒトの真意ははっきりする。

「わかりました。それではチエコさんに会えるよう手配しましょう」

「そうしてくれれば、ありがたい。ただし一つだけ条件がある」

「条件？　なんですか」

「彼女の自宅を訪問したい。この暗号表だけでは、絶対に謎は解けないからだ」

チエコの自宅になにがあるというのか。わからないまま要請を受け入れた。リヒトはわたしの回答を待って、部屋のドアに向かって呼びかける。

「母さん、ぼく、でかけるよ」

即座にドアが開き、和美が満面の笑みであらわれた。

「どうぞ、いってらっしゃい！　ユキさん、よろしくお願いしますね」

以前にも見た光景だ。彼女には、一人息子の会話を盗み聞きするという悪い癖がある。

が、それでもとにかく明るく、茶目っ気たっぷりで憎めないのが、判治和美の魅力だった。

＊＊＊

ホウジョウ・チエコ――

北条千恵子は二十二歳独身、三年前に唯一の血縁者である母親を亡くし天涯孤独の身である。

くわしい経緯は一人娘の彼女ですら聞かされていないものの、二十数年前、母親と当時独身だった城ノ戸は男女の仲となり、そしてなんらかの事情があって、二人は婚姻することなく別々の道を歩みはじめた。千恵子が生まれたのは、その半年後だったそうだ。

「父はわたしを法的に認知したいと申し入れたそうですが、母は頑としてそれを受けつけませんでした。経済的な支援すら断っていました」

都内のアパートの一室でダイニングチェアに座り、千恵子は語りだした。背中のなかほどまで伸びた長い髪と明るいメイクが印象的だ。理知的なまなざしには、城ノ戸の面影が感じられる。いまは母親の死亡保険金を切り崩しながら、大学で途上国における教育問題について学んでいるとのことだった。

「でも、それはあなたがこどもだったときの話ですよね」

二度目の面会とあって、わたしはダイニングテーブルの対面からすこし踏みこんだ質問をした。

「成人となったあなたには自己決定権があります。DNA鑑定で城ノ戸氏の実子であることを証明するのも、可能ではありませんか」

「ホルツマンさんは、父の遺産のことを心配してくださっているんですね」

千恵子が単刀直入に訊いてきたので言葉に窮した。首肯だけをする。

「ご存じのとおり母と別れたあと、父には新しい家族ができました。それが突然の悲劇に見舞われたのです。いまさらわたしが実の娘だと名乗りでて、みなさんを混乱させるようなまねはしたくありません。幸い、母がいくらか蓄えを残してくれていますしね」

「本当にそれでいいんですか」

「母は父に頼らずわたしを育ててくれました。わたしにだって、できますよ」

そう言って白い歯をこぼした。千恵子の芯の強さは母親譲りのようだ。頑固だともいう。

わたしとしては、どのような事情があったにしろ、実の娘にこんな選択をさせる城ノ戸が正しいとは思えない。しかしだからといって、千恵子の決断に口をはさめる立場にもない。

「わたしのことはこれくらいにして、みなさんは暗号のことを訊きたいんですよね」

千恵子が話題を変えた。そうだ。わたしはもう一度例の暗号表を見せた。

「先日は心当たりがないとのことでしたが、それから暗号解読のヒントになるような、なにかに思い当たりませんでしたか」

「ごめんなさい。残念ながらなにも」

「ちょっと、よろしいですか」

わたしの隣に座っていながら、いままで知らん顔をしていたリヒトが、突然割りこんできた。紺色のジャケットを羽織り、髪をきっちり固めた彼は、今日に限って立派な社会人に見える。

「ホルツマンさん、すみません。こちらの方は……?」

千恵子が不安げな面持ちで尋ねた。無理もない。わたしが同伴しているとはいえ、女性のひとり暮らしの部屋に上がりこんだ若い男が、自己紹介の一つもしていなかったのだから。

「挨拶が遅れました。私立探偵の判治リヒトと申します」

わたしは驚いた。いつのまにかひきこもりが私立探偵になっていた。

しかもなんだ、そのかしこまった口調は。なんだ、その手作りの名刺は。

千恵子は渡された名刺を眺めながら「探偵さん……ですか」と訊く。

「ええ、オリバー・オコンネル氏より正式に依頼を受けて、ホルツマンさんに協力するよう要請されています」

説明は間違っていないが、ニュアンスはずいぶん違う。わたしは大いに不満だった。

「早速ですが、千恵子さん。お父様との関係について、いくつかお聞きしたいのですが」

「なんでしょう」

「さきほどのお話ですと、お父様とお母様の関係は断絶していたように聞こえましたが、あなたとお父様の関係はどうでしたか」

「誤解しないでください。父と母は断絶していたわけではありません。母は独立心の強い性格で父と所帯を持ちませんでしたが、不思議なことに定期的に連絡はとっていました。結婚して縛られるのは嫌だけど、友人としては話が合う、といった関係だったようです。だからわたしもときおり父と会っていました。父が新しい家庭を築くまでの話ですが」

「ということは、それからはお父様とは疎遠だったということですね」

「ええ、ですから父が亡くなったあとに、オリバーさんを巻き込んでこんなゲームをはじめて、本当に驚いているんです」

「なるほど、ではもう一つお聞きします」

リヒトが千恵子の瞳を覗きこんだ。

「あなたがこどものころ、お父様に連れられて寿司屋にいったことはありませんか」

寿司屋――どこからそんな突拍子もない単語が出てきたのだろう。それでもリヒトの顔は真剣そのもので、ふざけている様子はない。

「お寿司屋さん……ですか」千恵子も目を白黒させている。「父にはいろいろなところに連れていってもらっているんで……」

「大事なことですので、よく思い出してください。そしてその寿司屋で、あなたは寿司以外のものをねだりませんでしたか」

「わたし、父になにかをねだったことなんか……」突然、千恵子は声を上げた。「あっ！」

「思い出しましたね」リヒトの口元がほころぶ。

「たしか御徒町（おかちまち）のお寿司屋さんにいきました。わたしはねだりはしませんでしたが、ねだった人の話なら聞きました」

「誰です、その人は？」

「わたしたちがその店を訪れるすこし前に来日した、父の古い友人のオリバー。ビットクルーのオリバー・オコンネルさんです」

なぜここでオリバーが――話のスピードについていけない。

「父が言ってたんです。オリバーがどうしてもほしいと聞かなかったから、お店の人に無理をお願いしてわけてもらったんだ。千恵子にも一つプレゼントしようって。たしかにわたし、もらいました！」

「それはいま、ここにありますか」

「あるはずです。すぐに探してきます」

千恵子は立ち上がると、別室に駆けこんだ。リヒトと二人きりになって、やっと訊きたいことが訊ける。わたしは声を殺して尋ねた。

「なにがなんだかさっぱりわかりません。どういうことですか」

「きみも見たよね。別荘の書斎で」

「なにをです？」

「フォトスタンドがいくつもあっただろ。そのなかに城ノ戸社長とオリバーが寿司屋のカウンターで肩を組んだ写真があった」

わたしはアンティークで統一された書斎を思い浮かべた。たしかにサイドチェストの上にはそのような一枚があった。そういえば幼い少女が被写体のものもあったが、あれは千恵子か。いまの彼女によく似ている。

だが実際に寿司屋を訪れたかどうかは、たいした問題ではない。わたしが本当に訊きたかったのは、なぜ寿司屋というワードにいき着いたのか、だ。

　その点を尋ねると、リヒトは暗号表を指差して「日本語に不慣れなきみが気づかないのは、仕方がないことだが」と前置きした。

「ここに書かれているのは、文字そのものではなく文字の一部。漢字のつくりの部分なんだ」

「漢字のつくりということは、意味を持たせるためには、部首が必要だということですか」

「そう、すべてのつくりに共通した部首、それは〝魚〟だ」

「ありました。これです」

　息を切らしそうな勢いで千恵子が戻ってきた。テーブルの上に置かれたそれは、新聞紙で包まれていた。手のひらに収まりきらないサイズで重厚感がある。千恵子が新聞紙を開くと、中から現れたのは——

　湯呑（ゆのみ）だ。

　肉厚で武骨でどっしりとしている。そして側面には、歌舞伎の看板などで見かけるうねりのある文字で、魚を示した漢字とその読み仮名がならんでいた。わたしも寿司屋で見かけたことがあり、それほど珍しいものではない。

「父は漢字の勉強になるだろう、と笑っていました。ただ日常的につかうには、ちょっと扱いずらくてしまいこんでいたんです」

千恵子は思い出せてすっきりした、という顔をしているが、わたしはすっきりしない。

「リヒト、どうしてこの湯吞がここにあるとわかったんですか」

「順番に話そう。まず暗号表の漢字の羅列が、魚へんの漢字のつくりであることは、見た瞬間にわかった」

「見た瞬間……ですか」

信じられない、という気持ちにはもう慣れっこになっていた。問題はつくりであることがわかった、その次だ。

「次に気にかかったのは、手紙にあった暗号表という表現だ。暗号ならわかる。暗号であれば暗号表がなくても、それだけで謎が解ける場合がある。だが暗号表は暗号を解くための鍵であり、暗号と対になってはじめて役に立つものだ。それだけでは意味をなさないのに謎を解けって、おかしいだろ」

「そうですね」おかしいと言われると、途端に違和感をおぼえるから不思議だ。

「この手の謎解きゲームに必要なのは、フェアネス――ゲームに必要な材料はすべて提供するという、公正さだ。城ノ戸社長ともあろう人に、それが欠如しているとは思えない。だったら暗号表に対応する〝暗号〟は、すでにプレイヤーの手元にあると考えるのが自然じゃないかな」

「では、湯呑にたどり着いたのは？」

「うん、以前、城ノ戸社長の別荘にいったときにあの写真を見ていたからね。オリバーと千恵子さんの二人で謎を解けと命じたからには、暗号もあらかじめ二人に提示されていなくてはならない。それでいて魚へんの漢字に関係したものとなれば、湯呑くらいしか思いつかなかったんだよね」

なるほど自らねだって手に入れた湯呑だというのに、オリバーはそれに思いいたらなかったわけだ。

「さあ、はじめようか」

リヒトはボールペンを手にとると、暗号表のつくりに魚へんを加えてメモ用紙に書き出した。

鮟鮗鯖鰕鯇鮱鮹鮪鰺鰌鰰鰍鯒鰻鱵鱶鯱鯣鱏鮇鮸鰙鱚鱸
鮫鰔鰆鱧鰤鱒鰈鱘鮎鮃鰒鰹鮑鯨鰯鯰鮒鰡鯉鯛鯑鰊鮭魦

そして湯呑に書かれていた魚へんの漢字と見くらべる。

鮪（まぐろ）　鮃（ひらめ）　鮎（あゆ）　鮑（あわび）　鮒（ふな）　鯔（ぼら）
鮫（さめ）　鱵（さより）　鮹（たこ）　鯰（なまず）　鰙（はや）　鯱（しゃち）
鰌（どじょう）　鰒（ふぐ）　鮭（さけ）　鱒（ます）　鮸（いしもち）　鮟（あんこう）
鰍（いなだ）　鯑（かずのこ）　鯛（たい）　鯖（さば）　鰊（にしん）　鰈（かれい）
鱈（たら）　鰯（いわし）　鯉（こい）　魦（はぜ）　鯒（こち）　鰤（ぶり）
鰕（えび）　鰹（かつお）　鯵（あじ）　鰻（うなぎ）　鱶（ふか）　鱸（すずき）
𩸽（ほっけ）　鱏（えい）　鰑（するめ）　鰆（さわら）　鱚（きす）　鱧（はも）
鮗（このしろ）　鯎（うぐい）　鯨（くじら）　鮇（いわな）　鯇（あめ）　鰰（はたはた）

同じ文字が同じ数だけある。違うのはそれぞれの配列だけだ。
すぐに解けるに違いないと思い、まずはいろいろ試してみた。
読み仮名は暗号解読の要素になりうるだろうか――結論はならない。
暗号表はあくまで暗号表なので、こちら側で意味のあるメッセージは発生しない。

一方、湯呑の漢字は、製造したメーカーが配列したものなので、読み仮名をどう解釈しようが、城ノ戸に都合のよいメッセージになるはずがない。マグロを音読みしてイ、またはユウとしたところで、結果は同じだ。

つまり暗号表が暗号に意味を与えるのであって、その逆は考えるだけ無駄なのだ。その原則を踏まえて試行錯誤を繰り返していると、だんだん暗澹たる気持ちになってきた。当初は構造が単純だから簡単だと思われたが、単純だからこそ袋小路に追い込まれていく。

これはパズルだ。

例えば、暗号表の最初の文字〝鮟〟が別の文字に変換され、湯呑における十八番目――つまり暗号文の十八番目に配置されることはわかる。次の〝鮗〟は四十三番目、その次の〝鯖〟は二十二番目だ。

だが〝鮟〟にしても〝鮗〟にしても、問題は変換される別の文字がまったくわからないことだ。それがわからなければ、この暗号表は意味をなさない。

「ホルツマン、それぞれの漢字がなんの文字に該当するか、わからないんだね」

隣でリヒトが満足げな笑みを浮かべていた。腹が立つ。

「でも恥じることはないよ。そもそもきみの日本語の習熟度で、この暗号を解こうという時点で無理があったんだから」

どうしてそんなひどいことが言える。わたしは怒った。

「あなたこそ本当にわかっているんですか！　証拠を見せてください、証拠を！」

「もちろん」リヒトは湯呑の〝鮪〟の字を指差した。「例えば、これは〝ぬ〟だ」

「〝ぬ〟というと、ひらがなの〝ぬ〟ですか」

言葉を失ったわたしの代わりに千恵子が訊いた。リヒトはゆっくりと首を縦に振る。

「暗号表と湯呑には、共通した特徴が二つあるんだ。一つ、リストのなかに同じ文字がないこと」

当然だろう。暗号表は辞書なので、同じ索引は必要ない。湯呑はなるべく多くの魚を列挙することを目的としているので、重複するメリットがない。

「二つ、両方とも四十八文字だということ」

「だからそれが、どうしたんですか！」わたしはついにキレた。

「重複しない四十八文字で構成されたものといえば……」

そこでリヒトは言葉を止めて焦らしに焦らした。わたしたちは息を止めてその先を待った。

「色は匂へど散りぬるを　我が世誰ぞ常ならむ　有為(うい)の奥山今日越えて　浅き夢見じ酔ひもせず」

「いろは歌ですね！」千恵子が声を上げた。

「そうです。正しくは、古来からあるいろは四十七文字に〝ん〟を加えた四十八文字」

いろは歌——大学時代に日本語の講義で聞いたことがある。〝あいうえお〟からはじまる五十音が普及する以前より、書き取りの手本として親しまれてきた、かな文字のならびのことだ。

なるほど〝ん〟を加えて四十八文字ならぴったりだが、現時点では文字数が合致したにすぎない。なぜいろは歌が暗号表にふさわしいのか。リヒトの説明を待った。

「いろは歌は、重複しない四十七のかな文字すべてをつかった文章のなかで、もっとも有名なものなんだ」

「もっとも有名ってことは、これより有名でないものもある、ということですか」と千恵子。

「そう、例えば江戸時代の国学者、本居宣長(もとおりのりなが)の雨降歌(あめふれうた)——『雨降れば　堰関(いせき)を越ゆる　水分けて　安く諸人(もろびと)　降り立ち　植ゑし群苗　その稲よ　まほに栄えぬ』」

詠むと同時に、リヒトはメモ用紙に書き留める。

あめふれは　ゐせきをこゆる　みつわけて　やすくもろひと　おりたち　うゑしむらなへ　そのいねよ　まほにさかえぬ

たしかめたが、四十七文字で重複はない。いろは歌と同じだ。

「四十七文字で文章をつくるという遊びは古くからあったんだ。そしてそのゲーム自体を、もっとも有名な〝いろは〟からはじまる歌にちなんで、いろは歌と呼ぶ場合がある。近代では四十七文字に撥音（はつおん）の〝ん〟を加えることも認められて、答えが一つだけでない、風流なパズルとして楽しまれている。ぼくもこういうパリティなら大歓迎だよ」

ここでいうパリティとは、解答が二つ以上存在してパズルの体をなさない、との意味なのだろう。だからこそ、無限の可能性がありパズルとして楽しい、との矛盾なのだろう。

そういえば、わたしが育った英語圏でもパングラムという、いろは歌と似た言葉遊びがある。ギリシャ語で「すべての文字」を意味し、アルファベット二十六文字すべてをつかい、なるべく短い文章を作るゲームだ。

「実際にいろは歌を暗号表に当ててみよう」

リヒトは暗号表にひらがなを振った。

いろはにほへ　とちりぬるを　わかよたれそ　つねならむう
鮟鮗鯖鰕鯇𩸽　鮹鮪鰺鰌鰰鰍　鯒鰻鱵鱶鯱鯣　鱏鮢鮸鰙鱚鱸

ゐのおくやま　けふこえてあ　さきゆめみし　ゑひもせすん
鮫鰔鰆鱧鰤鱒　鰈鰐鮎鮃鰒鰹　鮑鯨鰯鯰鮒鰡　鯉鯛鯑鰊鮭鯊

次に別のメモ用紙に湯呑の漢字を書き出し、暗号表を確認しながら、それぞれの漢字に対応したひらがなを書き加えていく。

ちえこさみし　ゐよとめられ　ぬてすまない　をもひはせけ
鮪鮃鮎鮑鮒鰡　鮫鱵鮹鯰鰙鯱　鰌鰒鮭鱒鮸鮟　鰍鯑鯛鯖鰊鰈
ふゆゑんわや　にありかたう　へつそおむく　ろのきねほる
鰐鰯鯉鯊鯒鰤　鰕鰹鯵鰻鱶鱸　魹鱏鯣鰆鱚鱧　鮗鰔鯨鮴鯇鰰

そして文節を整える。

ちえこ
さみしゐよ　とめられぬて　すまない
をもひはせ　けふゆゑんわやに　ありかたう
へつそお　むくろのき　ねほる

「〝とめられぬて〟の〝て〟はておや、父親と解釈するのかな。となると暗号の解答は……」

リヒトは最終形を書き出した。

千恵子
寂しい夜　止められぬ父（て＝ておや）　すまない
思い馳せ　今日由縁は野に　ありがとう
別荘　ムクロの木　根掘る

「お父さん……」

千恵子の瞳は、最終形を書きはじめる前から潤んでいた。千恵子と名を呼び、贖罪と感謝の歌がゆるぎない文字になるとともに、積み重ねた想いが涙となってあふれ出した。

嗚咽をいくつかかぞえてから、リヒトが語りかける。

「千恵子さん、お父様からのメッセージはこれで終わりではありませんよ。ぼくたちにはやらなくてはならないことがある」

「はい、わかっています。父の別荘にいき、ムクロの木の根元を掘るんですね」

リヒトはゆっくり首を縦に振ると、探偵がするように「ホルツマン、なにをすべきか、わかっているよね」と訊いてくる。わたしは有能な助手を気取ってみた。

「もちろんです。もう一度別荘を訪問できるよう、極東ソフトコマースの鈴木さんにお願いします」

「頼むよ。それからもう一人、ゲストを呼んでもらいたい」

「そちらも承知しています。ムクロの木の根を掘る当日には、オリバーもビデオ通話で招待するつもりです。仮に招待しなくても、このメッセージの内容を伝えれば、絶対に参加するでしょうが」

その後、わたしは鈴木に連絡をとり別荘訪問の内諾を得た。オリバーに詳細なレポートを送り、訪問時にリモートでの立会いを進言した。

柄にもなく心躍っていたのだ。そのために、すっかり忘れていた。

リヒトが千恵子の自宅を訪ねる前に、口にしている。

――千恵子さんに謎が解けてしまうなら、その謎には意味がない――

その一言があとで大きな意味をもつことになろうとは、まるで思いもしなかった。

＊　＊　＊

「万年筆をもってきてほしい」

城ノ戸の別荘を再訪するにあたり、なにか用意するものはあるかと尋ねると、リヒトはそれだけを要求した。理由を訊いてもあとでわかるからの一点張りで、それ以上語ろうとはしなかった。

移動にはわたしの車をつかった。別荘のある山間部ではまだ降雪の心配があったが、四輪駆動のＳＵＶはスタッドレスタイヤも装着済みだ。都内で千恵子をピックアップし、ついでリヒトのいる柏に向かう。

わたしたちは、和美の高らかで明らかに誤解のこもった「いってらっしゃい」に送られた。道中、助手席のリヒトとは一言も口をきかず、代わりに聞こえてきたのは、小気味よい寝息ばかりだ。

「初めて会ったときはしっかりしてたけど、こうして見ると、リヒトさんってこどもみたいですね」

後部座席で千恵子が笑った。

やはりそう見えるのかと思い、そうしか見えないと思いあらためる。横目で隣をうかがうと、寝顔はまるで無防備で普段の毒舌を感じさせない。

判治邸を出発して二時間ほどで別荘に到着した。

心配した雪はほとんどなく、それどころか地面は雪解け水でぬかるんで、手作業で土を掘るにはいい塩梅に思えた。

まずは鈴木から借りた鍵で別荘にはいるが、その鈴木は同道していない。秘書として有能な彼女は、城ノ戸社長のプライバシーに関わる調査だとことわるだけで、悟ったかのように身を引いている。

わたしは聞いたとおり、室内にあるブレーカーを上げて電源を確保し、Ｗｉ－Ｆｉ環境を設立した。そして撮影に適した場所を見つけると、持参したタブレットを起動した。ビットクルー純正のアプリを立ち上げて、録画とともにビデオ会議を開始する。

オリバーのアカウントを呼び出すが、彼はまだそこにいなかった。

準備が整うと、わたしたちは〝ムクロの木〟を探すために庭に散った。

ムクロとは骸の意味だろうか。念のため辞書で調べてみると、骸は抜け殻だとか死骸を意味している。どちらにしてもあまりよい印象はもてない。

庭には明らかに野生の木々とは違う背の低い庭木が、一定の距離を保ってバランスよく配置されていた。どれも城ノ戸が植えたものだろう。とはいえなだらかな山間にある一軒家なので、山と庭の境界線がよくわからない。しかもわたしたちは樹木の素人だ。白い息を吐きながら想定以上の苦難を覚悟したとき、リヒトの呼ぶ声が聞こえた。

「これだな」

駆けつけたそこは、ログハウスの裏手だった。

〝ムクロの木〟はほかの庭木よりも一段背が高い。落葉樹のようで葉は一枚もなく、その代わり細い枝には無数の小さなきいろい実が連なっている。

「ムクロジの木だ」

「ムクロの木じゃないんですか」千恵子が尋ねた。

「漢字では無患子——〝子が患うことが無い〟と書くんです」

「死体の、骸の木だとばかりに思ってました」

「それは生と死、両極にあるものを対比する、城ノ戸社長のユーモアかもしれませんね」

「どういう意味ですか」

「無患子はこどもが生まれたときに、無病息災を祈って植えられることがあるそうです。このあたりに同じ木はなさそうなので、千恵子さんが生まれた二十二年前に、お父様が植えたと考えていいんじゃないかな」

って、無患子があったからこそ、別荘はここに建てられたのだろう。

リヒトの推測が正しければ、無患子は別荘が建てられるずいぶん以前からここにあって、無患子があったからこそ、別荘はここに建てられたのだろう。

同じ想像を巡らせたのか、千恵子の瞳が潤んだ。泣くのはまだ早い。肉体労働は決して得意ではないが、わたしは柄にもなく声を張りあげた。

「謎解きはまだ終わってませんよ。さあ、はじめましょう」

別荘の用具庫からシャベルやらスコップを持ち出して、手分けして根元を掘りはじめた。頭脳労働以外はしないことで定評のあるリヒトさえも、よほど真相が知りたいのか、額にうっすらと汗を浮かべながら土を掻きだしている。やがて五十センチも掘り進めたところで、わたしのシャベルの先に硬いものがあたった。

リヒト、千恵子、そしてわたし――そこにいた三人が三人とも、スコップやらシャベルを投げ出し、手袋をはずして素手で掘りはじめる。爪に泥が潜りこんだ。指先は小石に傷つき、氷点下の土くれにかじかみ、感覚は失われた。どうしてそこまで必死になったのかはわからない。ただ城ノ戸が残した謎を知りたい、とその一心からだったと思う。

そしてリヒトが「これだよ、これ」と歓喜の声を上げつつ、タイムカプセルを頭上に掲げたときには、わたしだけでなく千恵子もまた、万雷の拍手をもって迎えた。銀色の鈍い光に包まれ、ステンレスでできた円柱状のそれは、わたしたちにとってまさしくトロフィーだったのだ。

ほかの二人が無辜の歓喜に酔いしれるなか、わたしはまだ俗物だった。タブレットに向かい、いま一度オリバーを呼び出して、やっと応答を得る。誰もが知る赤毛髪の彼は、ウェブカメラをオフにして、音声のみで呼びかけに応じた。

「見つかったのか」

ぶしつけなオリバーの第一声に、わたしは社畜らしく「はい」とだけ応えた。

テーブルを設営して、その上にタイムカプセルは置かれた。開閉部は雨水の侵入を防ぐために、いくつものボルトとナットで固く締められている。不器用なリヒトにはまかせられない。わたしは用具庫から六角レンチとスパナを持ち出すと、ナットの一つ一つを緩めていく。

ボルトはすべて取り除いた。あとは蓋をはずすだけだ。

誰がタイムカプセルを開けるかは、もとから決まっている。城ノ戸の血を引く千恵子以外に、ふさわしい人物がいるとは思えない。

満を持して千恵子がタイムカプセルに触れようとしたとき、リヒトが「ちょっと待ってくれ」と声を上げた。

「タイムカプセルを開ける前に、オリバーに確認しておきたいことがある。中身を見てから気が変わったと言われても困るからね。ホルツマン、訳してくれないか」

この期におよんでなにをと思いつつも、わたしはその旨を英語にした。オリバーはおどけた口調で「コンニチハ、リヒトサン！」と定番のあいさつを披露する。リヒトは応えない代わりにこう言った。

「断言する。このタイムカプセルの中には、城ノ戸社長からぼく宛のメッセージがあるはずだ。ぼくは彼の遺志にもとづきその内容を実行することになるが、それはかまわないか」

なにを言っているのだろう。生前の城ノ戸がリヒトを知るはずがなく、メッセージなど残せるはずがない。わたしの訳を聞いたオリバーは困惑気味に「わかった」とだけ答えた。

横槍(よこやり)はいったが、ついにそのときはやってきた。

千恵子が震える手でタイムカプセルをひねると、乾いた金属音がした。

それは開かれたのだ。

わたしとリヒト、そして別の大陸にいるオリバーが食い入るように見つめている。

千恵子は慎重に中身を取り出すと、テーブルの上にひろげた。

中から出てきたのは――

「これは……なんですか」

千恵子が尋ねたが、わたしにもわからなかった。すくなくとも謎解きはまだ終わっていないと、誰もが思ったに違いない。

テーブルの上にあるのは、ただ一つ。

銀製らしきチェーンにつながれた、逆円錐型の木片だ。ペンダントに見える。

いや、違う。

チェーンは首から下げるには長すぎるし、木片は胸元を飾るには大きすぎる。ペンダントではない。

だったら、なんだ、これは。

リヒトにとっても予想外だったのはたしかで、彼は口を尖らせながらチェーンを握った。木片を吊りあげて、四方八方から目を凝らす。

オリバーに見せなくてはならない。というよりもわたし自身が見たかった。

タブレットを手にとり間近で撮影をしようとすると、リヒトが背を向け木片を遠ざける。かろうじてわかったのは、表面に微細な彫刻が施されていることだけだった。

スポンサーはわたしたちなのに、なんと意地の悪いことだろう。さすがのオリバーも腹に据えかねたようで、強い口調で訊いた。

「リヒト、それはなんだ！」

「ペンデュラム——振り子だよ」

「振り子？　どうしてそんなものが」

「振り子といっても、ただの振り子じゃない。どうやらこれはダウジング用だね」

ダウジングとは、地下に眠る水脈や貴金属の鉱脈などの所在を、棒や振り子の振れ方から感知する技術のことだ。中世ヨーロッパですでにつかわれていたが、科学的な裏付けはない。オリバーがもっとも嫌う類(たぐ)いのものだろう。

「ジュンめ、まだ宝探しをしろというのか」案の定、オリバーが恨み節を言った。「しかも科学の忠実な下僕であるこのぼくに、よりにもよってダウジングなんてオカルトで」

「オカルトとはひどいな。正しく疑似科学と言ってもらわないと」

調子にのったリヒトが軽口でさらに怒りをあおる。

お願いだからやめてほしい。オリバーはわたしの生殺与奪をにぎるビッグボスだ。

わたしは保身のため次の策を考えた。ダウジング用のペンデュラムである以上、城ノ戸はダウジングを実行して次のヒント、あるいはゴールを発見しろ、と命じているのだろう。

しかし問題は、小振りな別荘とはいえその敷地は、くまなくなにかを探すにはあまりに広いということだ。しかも敷地の境界線はあいまいで、その上ペンデュラムは一つしかなく、日本人が大好きな〝みんなで手分けして〟がつかえない。

途方に暮れていると、リヒトは木片を手でつまみ、撮影しやすいよう胸のあたりにかかげた。

わたしはあわててタブレットのカメラを向けた。円錐の表面にぐるりとアルファベットが彫り込まれていることが、そのとき初めてわかった。しかしスペースもなくランダムにならんだただの羅列に、意味は見いだせない。

……XTMIHPXKVHFXLZKXTMKXLIHGLBUBEBMRPBMAZK……

「これは？」

「城ノ戸社長は、次のお宝のありかについて、生前にヒントを残している。カエサルシフト――シーザー暗号だよ。ここに書かれたアルファベットを辞書順に一定数ずらすと、本来あるべきアルファベットに変換されるんだ」

シーザー暗号ならわたしも知っている。古代ローマにおいてかのジュリアス・シーザーが使用したといわれる、もっとも基本的で単純な暗号だ。

「それで、なんと書かれているんですか」

「オリバーはもうわかっているみたいだから、彼に訊いてみればいい」

こともあろうに、雇われ探偵が依頼主を試すとはなんと不敵な。わたしはオリバーの答えを待った。

「アガサ・クリスティー、『そして誰もいなくなった』……」

すこし考えてオリバーは言った。

「〝She stood in front of the fireplace and read it〟(彼女は暖炉の前に立ち、それを読んだ)」

「すごい……素晴らしい」

他人を評価することのないリヒトが、珍しく感嘆のため息を漏らした。

「この別荘で暖炉があるのは、一部屋のみ。つまりリビングダイニングを探せってことだね、リヒト」

〝彼女は暖炉の前に立ち、それを読んだ〟

そう記されているからには、暖炉が起点になるはずだ。

わたしたちはリビングダイニングに足を踏み入れた。

「さあ、はじめるよ」

暖炉の前でリヒトが慎重に振り子を垂らした。

床からに四十センチほどの高さを保ちながら、決して揺らさずゆっくり中腰で移動していく。漏れのないよう暖炉のある壁と平行に進み、壁に突き当たるとラクロスのスティックを横目に折り返す。リヒトはもちろん、わたしと千恵子、おしゃべり好きなオリバーさえも声を出そうとはしなかった。

リヒトはテーブルの下をくぐり、ダイニングチェアを脇にずらす。壁に突き当たっては折り返すという単調な作業を、何度繰りかえしたことだろう。

リビングダイニングをほとんど網羅し、探索地は二往復分ほどを残すだけとなったときだった。

壁際のそこで、振り子がゆっくりと振れた。

リヒトの体側にわずかに傾くと、斥力を失ったかのように反対側へとまた戻る。

「どういう……ことですか」

ダウジングなどオカルトだと思っていた。

わたしは思わず千恵子と顔を見合わせた。千恵子は一瞬呆気にとられた表情を浮かべたのち、この先が気になって仕方がないのか、すぐに振り子へと視線を戻した。

リヒトはその不思議な力の源泉を探っていた。

振り子は振り幅を増して、さらに大きな弧を描く。やがて前後の反復運動では飽き足らなくなったのか、右へ左へ、斜めへと自由闊達に激しく動きだした。

そして振り子がなにかを避けるように円の軌跡をたどりはじめると、リヒトは手にしたチェーンを引き上げた。

「どうやらここだな」

なんの変哲もないフローリングのようだった。だがよく見ると、板材と板材の継ぎ目は接着されていない。

リヒトはそこにマイナスドライバーを突き立て、てこの力を作用させた。以前ルービックキューブにしたときにくらべれば、ずいぶんたくましくなった気がする。

板材はおよそ三十センチ四方の蓋のようで、簡単に床から離脱した。

わたしたちは出現した穴を覗きこんだ。まず見えたのは鈍色に輝く、金属の塊だった。

「ジュンめ、こんなこども騙しにぼくをつき合わせるなんて。なにを考えている」

タブレット越しにオリバーが罵った。もしかすると生前の城ノ戸は、オリバーのその様子を想像して楽しんでいたのかもしれない。

「どういうことです？」

「その金属は磁石なんだよ。それも強力な磁力を発するネオジム磁石。まったく小学生の実験じゃないんだから」

「ご名答。いつ気がついたの？」リヒトがネオジム磁石を手にとった。

「リヒト、きみが振り子を手にしたときだよ。咄嗟にホルツマンのカメラを避けただろ。あれは意地悪なんかじゃない。振り子の発する磁力が、タブレットに悪影響を与えないか心配になったからだ」

「それでは、振り子にもネオジム磁石が？」

「ああ、リヒトは誰にも振り子をもたせなかった。木片に金属が埋め込まれているんだ。重さでバレてしまうからね。その振り子はチェーンをもって吊るすと、S極かN極か知らないが、床に埋め込まれた磁石と同じ極が下を向くようになっている」

「さすがは世界のオリバー。脱帽です」

おどけて声を弾ませるリヒトにオリバーが言った。

「悪ふざけはもう十分だ。さっさと中身をたしかめようぜ」


千恵子が床下から中身を取り出した。

出てきたのは、封筒が三通。

一通目には、〝北条千恵子様〟と日本語で書かれた宛名があった。

その手紙は長かった親子の断絶を埋める、プライバシーの集積だ。開封を迫ろうとは思わない。

二通目には、〝Mr.Oliver O’Connell〟とある。

オリバーは自分のプライバシーよりも、謎を明らかにすることが優先らしく、この場で封筒を開封しろと言う。

だがわたしは「その前に……」と口走ったまま、どうしても雇用主の命令に従えないでいた。三通目の特別な封筒を前にしては、オリバー宛の手紙など取るに足らないものに見えてしまうからだ。

最初の二通がよくあるグリーティングカードサイズだったのに対して、三通目は明らかに大きく、Ａ４サイズほどもあった。

そしてその封筒は真っ先にリヒトが手をつけ、そのまま離さないでいる。わたしの視線に気づいたのか、猜疑心（さいぎしん）を丸出しにして口を開く。

「さっき言ったよね。これは城ノ戸社長からぼく宛のメッセージだ。だからまずは、ぼくに中身を確認する権利がある」

リヒトはタブレットに向かって封筒をかざした。封筒には

〝魚へんの暗号を解き明かした、善良なる協力者様へ〟

と日本語で書かれ、同じ内容の英語が付記されている。〝魚へんの暗号を解き明かした、善良なる協力者〟となれば、善良か否かを問わなければ、まさしくリヒトのことだ。

リヒトはわたしたちに背を向けて封筒を開封した。中身を確認しながら「これはすごい」やら「なるほど、そういうことか」とこれ見よがしにひとり言を漏らしはじめた。

タブレット中のオリバーが「なぜリヒトは中身を見せようとしないんだ?」と苛立った。わたしは「わたしたちを焦らすためでしょう。これまで何度も報告したとおり、彼は実に意地が悪いのです」と答えたが、さすがに意地が悪すぎる。

「リヒト、なにが書かれているんですか。わたしたちにも教えてください」

わたしの一言にリヒトは振り返った。一枚の紙片を手にしている。

「オリバー、これをおぼえているか」

それはバーやカフェテリアによくある紙ナプキンだった。

しかもあまりに古く汚い。

英語で一文が書き殴られていた。

よく見ると日付とサインもあった。日付は一九八五年七月十六日で、ミミズの這ったようなサインには見おぼえがある。というよりも、ビットクルーの社員であれば、知らないはずがない。

ＣＥＯであるオリバー・オコンネルのサインだった。

そして一九八五年七月十六日——正しくはその翌日の一九八五年七月十七日という日付にも心当たりがある。ビットクルーの設立年月日だ。

わたしは恐る恐る一文に目を走らせた。

〝これ（この書類）は、ミスター・ジュン・キノトがビットクルーの設立資金として一〇セントを出資したことを証明するものである〟

まったく理解しがたい内容だった。

会社登記簿にある設立時の株主——出資者はたしかオリバーを含めて三人。そのなかに城ノ戸の名前はないはずだ。

「紙ナプキンに記されていようが、書類は書類だ」

法的にはリヒトの言うとおり、書類の内容はその素材に左右されない。

「そしてこれには続きがある」

リヒトは紙ナプキンを裏返した。表面と同様、日付、サインとともに一文がある。

オリバーの乱雑なブロック体と対照的に、裏面には几帳面な筆記体でこう記されていた。

〝この書面に関わるすべての権利をホウジョウ・チエコに譲渡する

二〇XX年十二月十一日　キノト・ジュン〟

裏書だ。

この一筆で、城ノ戸が設立時に出資した一〇セント分の権利は、千恵子に渡ることになる。ただしこの書面が有効であればの話だが。

「これは……どういうことですか」わたしはタブレットに呼びかけた。

「ダイム……」

オリバーはなにかを思い出したようで、そう言ったきり黙りこんだ。

ダイムとは、一〇セント硬貨の別称だ。先方のビデオ機能はオフになっているが、必死に記憶の糸をたぐる彼の姿が脳裏に浮かんだ。

「否定すればいいだけの話なんだけどね。心当たりがあるから、沈黙してるんだろ」

明らかな挑発だった。わたしは発言を訳して伝えるが、返事はない。リヒトは封筒から便箋を取り出した。

「この手紙に経緯が書かれている。オリバーは話したくなさそうなんで、ぼくが代わりに説明しよう」

リヒトは、オリバーが紙ナプキンを出資証明書とした経緯を、次のように語った。

一九八五年七月十六日、同じ大学院で学んでいたオリバーと城ノ戸は夜の街にくり出した。ビットクルーの設立を翌日に控えて、その前途を祝すべく城ノ戸が珍しく誘ったのだ。

二人は学生向けのバーで慣れない酒を酌み交わした。翌日からはじまるビットクルーの事業について、あるいはコンピューターの発展がもたらす新しい未来について熱く語りあった。

やがて城ノ戸はテーブルの片隅にふと、前の客が置き忘れた一〇セント硬貨を見つける。宴もたけなわで笑い話の一つもほしい頃合いだった。城ノ戸は、その一〇セントをビットクルーに投資したいと申し出た。もちろん冗談で、オリバーをからかうだけですますつもりだった。

しかし、オリバーはすっかり上機嫌で、いくぶん酩酊（めいてい）もしていた。

「歓迎する」と一言発して、ビールを一気に飲み干した。おもむろに一片の紙ナプキンを手にとると、さきほどの一文を書き記して日付とサインを添えた。そして呆気にとられる城ノ戸の胸ポケットに、それを強引に押し込んだ。

「それから三十年以上、城ノ戸社長はその記念すべき証券を、ずっと大事に保管してきたってことだ」

長い昔話を終えてリヒトは紙ナプキンではなく、ついに証券とまで呼んだ。

わたしは万が一この証券が有効であった場合、その価値がどれほどになるのか想像してみた。

会社登記簿によれば、ビットクルーは三人の株主から集められた、わずか三千ドルの原資をもとに設立されている。仮に件の一〇セントがこの中に含まれるとすれば、城ノ戸は全株式の約0・003パーセントを取得していたことになる。当時であれば、ほとんど無視できる数字だろう。

だが設立から三十余年ものあいだに、ビットクルーは大きく成長した。

いまや純資産は一二百億ドルを超え、これは設立時の三千ドルの四千万倍に相当する。無論、成長過程で城ノ戸の出資比率を希薄化する増資などがおこなわれたため、単純計算はできない。それでも千恵子は、日本円で億単位の資産を受け取ることになるだろう。

ただし問題は、この紙ナプキンの証券は本当に有効なのか、に尽きる。

酒に酔った上での若気の至りだったとはいえ、まずは本当にオリバーがその証券にサインをしたのか、たしかめることにした。

「やっと思い出したよ。あのときは本当に楽しかった。リヒトの言うとおり、間違いない」

沈黙を守っていたオリバーが当時を懐かしむように語った。城ノ戸とすごした学生時代に思いを馳せているのだろう。

なにを呑気な——わたしは感傷的にはなれなかった。

なれるはずがない。この証券の存在によりおこりうる、現実的な問題で頭がいっぱいだったからだ。

この紙ナプキンの証券は本当に有効なのか——

登記された三人の株主のほかにもう一人、株主がいたとして、いまさらそんなことが認められるのだろうか——

たった一〇セントだが、マスコミをつかってその存在を世に知らしめるだけで、市場もビットクルー内部も大混乱になることは必至だ。訴訟にもなりうる——

だがそもそも拾った一〇セント硬貨は、城ノ戸のものなのか。テーブルに置き忘れていった前の客のものではないのか——

とにかくたった一〇セントではあるが、この紙ナプキンの存在が一級品のスキャンダルであることは間違いない——

いくら考えても、明るい未来が想像できなかった。わたしができるのは、オリバーに訊くことだけだ。

「どうするつもりですか」

「それを検討する前に、リヒトにいくつか訊いておきたいことがある。ジュンはぼくほどでないにしろ、資産家だ。なぜこんな奇妙なかたちでチエコに財産を譲ろうとしたんだ?」

「千恵子さんは遺産分割には興味がなく、それどころか血縁関係を証明したいとも思っていない。それでも実の娘は実の娘なんだろう。彼女の行く末を考えて強引にでも譲ろうとすれば、この方法しかなかったんだ。家族間でおこなわれる遺産分割とは、まったく別のところで財産を用意しなくちゃいけないし」

「潔癖主義のジュンらしいな。だからこんなところで苦労する」

オリバーが感慨深げに言った意味は、城ノ戸が、ビジネスであれプライベートであれ、簿外の蓄財を嫌ったということだろう。だから裕福ではあったが、千恵子に譲るための目ぼしい財産がなかった。

「ところでリヒト、きみはユキにこう言ったってね。チエコに謎が解けてしまうなら、その謎には意味がないと。あれはどういう意味なんだい」

「オリバー、いまはそんなことを……」

「ユキ、なにを言っているんだい」

オリバーの口調は、いままで聞いたことがないほどにやさしかった。

「ぼくたちはいま、ジュンが残してくれたゲームをプレイしているんだよ。楽しまなくちゃ」

「さすがはオリバー。話がわかる」リヒトが満面の笑みを浮かべている。

処置なしだ。

通訳に徹することにした。ミステリーマニア同士でしかわからない境地に、部外者であるわたしも強制的に立たされているのだ。

「千恵子さんに謎が解けてしまうなら、その謎には意味がない。そしてそれはオリバー、あなたも同じだ。魚へんの暗号はあなたと千恵子さんに出題されながら、二人に謎が解けてしまっては意味がないんだ」

「つまりジュンは、ぼくたちに解けるはずのない暗号を用意したということか」

「そのとおり。あなたは日本語にまったく興味がないと聞いている。そんなあなたにとって、あの暗号は難しすぎたんじゃないか」

「否定したいところだが、本音を言えばそうだな。手も足も出なかった。ニーハオ、サイチェン。中国語ならいくらかいけるんだがね」

わたしが知っている限り、オリバーの中国語は日本語と大差がない。仮に中国語を習得していたとしても、魚へんのつく漢字の多くが日本にしかない国字だ。謎を解くのは困難だっただろう。

「一方で千恵子さん」リヒトが急に振り向くと、千恵子が驚いた表情で「はい」と返す。

「あなたはオリバーと違ってミステリーマニアではないから、この手の暗号には慣れていない。実際にあなたはあの湯呑を保有していながら、魚へんが暗号解読の鍵だとは気づかなかった。どうです？　一人であの暗号は解けましたか」

「あんなの、絶対に無理です」

「そうなんです。ぼくがいなければ、あの暗号は解けなかった」

まるでリヒトは暗号を解けた自分を勝ち誇っているように見えた。その自画自賛ぶりに水を差してやりたくもなる。

「だから、どうしたというのです？」わたしはきびしめに訊いた。

「そこでポイントとなるのが、城ノ戸社長からとどいた手紙。そこにはこう記されていた。〝あとは、ほかの誰かに助けを求めるのも自由だ〟とね」

「もしかしてジュンは……」

「そう。暗号の難易度を調整して、日本語のわかる第三者、それもぼくのように頭脳明晰で優秀な第三者が謎解きに加わるよう、あえて仕向けていたんだ」

自分で自分のことを頭脳明晰や優秀と評して恥ずかしくないのだろうか。わたしの懸念などまるで気にする様子もなく、リヒトは自信満々に続ける。

「オリバー、仮に謎解きが存在せず、突然、この証券は有効だから一〇セントの持ち分に応じた保証をせよ、との文書がとどいたとしよう。あなたはどう思う？　城ノ戸社長が長い友情を盾にして自分を脅しにきた、と感じて見向きもしなかったんじゃないか」

「そうかもしれないな」オリバーが応えた。

「千恵子さんの場合は、もっと悲惨だ。こんな汚い紙ナプキンを送りつけて、お父様は正気を失ってしまったんだと、相手にしなかったかもしれない」

「たぶん、そうでしょうね」今度は千恵子が応えた。

「そんな行き違いを防ぐために、どうしてもこの謎解きのプロセスが必要だったんだ。謎解きに熱中することでまったく見ず知らずだった二人は打ち解け、最後には有無を言わさないかたちで、二人同時に城ノ戸社長の遺志を知ることになる。このゲームは計算しつくされていた。オリバー、千恵子さん、あなたたちは最初から最後まで城ノ戸社長の手の上で踊らされていたんだ」

「悔しいが……そうみたいだな」

オリバーは普段ため息をつかないが、このときばかりは、そうせずにはいられなかったらしい。楽しい謎解きゲームだったはずが、一瞬にして厄介な法律問題になってしまったのだから仕方がない。

千恵子にいたっては、放心のあまりに口をきけないようで、リヒトだけがしゃべり続けた。

「まさしく死後に発動する完璧な計画だった。そしてその計画の実現可能性をさらに高めるよう用意されたのが――ぼく。すなわち魚へんの暗号を解き明かすことのできる第三者であり、善良なる協力者だ」

「そうだな。きみがいるといないとでは大違いだ」

「この場にビットクルーの関係者と千恵子さんしかいなかったとしたら、あなたは強引に千恵子さんを説き伏せて、この証券の存在をもみ消したかもしれない。だがぼくという利害関係のない異物が介在するだけで、そんなチートは格段に実行しにくくなる。だから城ノ戸社長はこんなものまで用意していた」

リヒトが封筒から取り出したのは、英語の書面だった。日本語訳が併記され、その内容は簡潔だった。

〝同意書

オリバー・オコンネルは、権利書の時価に相当する金銭を北条千恵子に贈与する。その場合、北条千恵子への過去の権利譲渡は無効となり、出資金に関わるあらゆる権利はオリバー・オコンネルに帰属する〟

すなわち一〇セントの出資に見合う金銭を千恵子に保証すれば、紙ナプキンの件はなかったことにする、という内容だった。

同意書は三部用意され、それらの末尾にはオリバーと千恵子のためのサイン欄があり、城ノ戸の欄はすでに埋められていた。

そして書面は、さらにもう一人のサインを求めている。

Witness（立会人）――

「当然、ここはぼくがサインするところだな。魚へんの暗号は、オリバーと千恵子さんの二人を試すものじゃない。あれは善良なる協力者を選抜し、立会人としての資格を問うためのテストだったんだ」

立会人を名乗ったが、リヒトはすでにその範疇を超えていた。

もはや彼は中立ではない。城ノ戸の遺志を実現させるため、オリバーを説き伏せる交渉人の役目を担っていた。

「ホルツマン、万年筆はもってきてくれたかい。初めてのサインだからね。ちゃんとしたいんだ」

ありえない――わたしは父から贈られたモンブランを手渡した。

「まさか書類にサインするところまで予想していたんですか」

「うん、もしかしたら、とは思っていた」

リヒトは万年筆を手のなかでくるくる回しながら、平然と言ってのけた。

「城ノ戸社長が第三者の立会いを求めているのがわかった時点で、考えたんだ。なにがおきるのか予想できない。じゃあその第三者は、そのなにかがおきるのをただ見ているだけでいい、って立場なのか。そんなの意味ないだろ。おきたことを客観的な記録として保全する必要がある。それが実行できるもっともシンプルな方法といえば、書類へのサインじゃないかと」

リヒトはタブレットのカメラに向かった。もう誰も彼を止められない。

「オリバー、どうする？　城ノ戸社長の遺志にしたがってこの同意書にサインするか、あるいは拒否してビットクルーを大混乱の渦に巻き込むか。後者の場合、千恵子さんが権利確認の訴訟をしたり、マスコミにぶちまけてしまう、なんて事態もあるかもね。その手の方法なら、ぼく、いくらでも思いつくよ」

城ノ戸も予想していなかっただろう。オリバーに意趣返しをするためか、千恵子に肩入れしたためか。リヒトは立会人でもなく、交渉人でもなく、脅迫者となった。しかもよくいえばきわめて優秀で、悪くいえばギリギリ犯罪にならない線を攻めてくる、最悪の脅迫者だ。

「すべてはあなた次第だ。いま、ここで決めてくれ」

リヒトは声を荒らげるでもなく、淡々と言った。言葉の一つ一つがゆるぎない自信に満ちている。年間売上一千億ドルを誇り、五万人以上の従業員を抱えるビットクルーの最高経営責任者に対して、あまりに強気な姿勢だった。

一方、オリバーはわずかだが、永遠にも感じられる数秒間を沈黙に費やした。やがてタブレットのスピーカーから笑い声が聞こえはじめ、それは徐々に大きくなり、どうにもやりすぎだと思われるほど高らかになったとき、オリバー側のビデオ機能がオンになった。

ティーシャツにジーンズ姿の彼はデスクに突っ伏し、トレードマークである赤毛の髪をもみくちゃにしながら笑い転げていた。

ひとしきりの引き笑いが収まると、オリバーは目じりに浮かんだ涙をぬぐいながらこう言った。

「やられた。完全にやられたよ。どうしてジュンの、一世一代の頼みを断ることができる。彼はぼくの、数すくない親友なんだぞ」

「じゃあ、同意書にサインしてもらえるんだね」

「もちろん、喜んで。こんなにきれいにしてやられるなんて、本当に久しぶりだ。最高の気分さ」

オリバーは視線をカメラに送る。

「でもリヒト、勘違いしてもらっては困る。ぼくはきみに負けたんじゃない。稀代の天才、ジュン・キノトに負けたんだ」

わたしからしてみれば、オリバーが最後に付け加えたのは、リヒトと同レベルの負け惜しみだった。

とはいえオリバーにとって取るに足らない出費——それでも莫大だ——と引き換えに、すべてが丸く収まりそうだ。わたしが胸を撫でおろしたのと同時に、リヒトが万年筆のキャップをはずした。

「勝った、負けたなんてどうでもいい。これで心置きなくサインができる」

人一倍勝ち負けにこだわりそうな男が強がりを言っている。満を持して立会人欄にしたためたサインは、万年筆に慣れないせいか、ひどくかすれていた。

オリバーが同意書の取り扱いを指示した。三部の同意書はすべて署名が揃ったところでそれぞれをオリバー、千恵子、そして立会人であるリヒトが保有することになる。

予想外の展開に見舞われたが、すべてがうまくいきそうに見えた。

別荘の外ではやわらかな風が舞っているようだ。窓越しに見る若葉が揺れている。木立のあいだから差しこむ日差しが、わたしの頬を撫でた。

いままでと特段なにかが変わったわけではない。それでもすくなくともわたしは、いままで気づかなかった春の訪れを、突如として感じはじめていた。

「ありがとう、リヒト。そろそろお別れの時間だ。なにかぼくに言いたいことはあるかい」

城ノ戸が用意してくれたゲームも、もうすぐ終わりだ。名残惜しんでか、オリバーが訊いた。

報酬アップ――待遇改善を求める絶好のチャンスだ。

しかしリヒトは、心ここにあらずとばかりに視線を伏せて、すっかり黙りこんでいる。それまでの威勢が嘘のようになりを潜めて、時間だけが過ぎていった。

いくら機会を与えてくれたとはいえ、オリバーは多忙だ。なによりここで悪言の一つもないのは、リヒトらしくない。

「言いたいことがあるのではないですか」

「いや……ホルツマン、もういいんだ」

「もういい？」

リヒトはわたしの念押しに応えず、レンズを見つめた。

タブレットには、穏やかな笑みを浮かべるオリバーがいる。目じりを緩めて口角をわずかに上げたリヒトの表情も、彼に負けないほどやわらかい。わたしの知らないなにかが、交わされている心地がした。

そしてリヒトは姿勢を正すと、一言だけ添えた。

「オリバー、あなたの協力に感謝する」と。

＊　＊　＊

リヒトは、推理しなくてはならない。

組み立てられた推理は、検証されなくてはならない。

得られた検証結果は、リヒトに報告されなくてはならない。

――といった建前で、わたしは判治邸を再訪した。

別荘の一件から三週間後のことで、もう冬の気配はなかった。羽化したばかりのハナアブが庭ではワスレナグサが青や白の花弁を躍らせていた。羽化したばかりのハナアブがわたしの鼻先をかすめる。

判治邸はピアノ教室でもあるのだが、レッスン中に訪問するのは初めてだった。教え子の奏でる、つたなくも軽快なエコセーズがわたしの心を沸きたてる。

レッスンが終わるのを待って、横浜中華街の老舗で手に入れた月餅を差し入れると、いつものように過分な謝意を頂戴した。和美のオーバーリアクションにすっかり慣れた自分に気づき、可笑しくなった。

リヒトの部屋にはいった。彼はいつものそこに座っていた。

フラットファイルと書籍はバベルの塔よろしく、雪崩のおきない限界を競うように、部屋中のそこかしこで絶妙に屹立している。こども用の学習机とベッドが、リヒトをさらに幼く見せる。

永遠ともいえる光景だ。

ただ一つこれまでと違ったのは、窓が開けられていること。ときおり吹きこむ春の風は壁に貼られたメモの大群をはためかせ、ほのかに草木の青い香りがした。

わたしはうっすらと積もったほこりが舞わないよう気を配りながら、リヒトのそばまで歩んだ。

「やあ、ホルツマン。そろそろ来るころだと思って、きみの席を用意しておいたよ」

必要なのはフラットファイルと書籍を別の場所に振り分ける労力だけだったが、リヒトの前には、わたし一人がやっと座れるだけのスペースが確保されている。

厚意に甘えることにした。すると挨拶の一つも交わすことなく、リヒトが切り出した。

「ぼくのぶんの同意書をもってきてくれたんだね」

城ノ戸が用意した三部の同意書は千恵子、オリバーがサインしたのち、一部をリヒトが受け取ることになっていた。

「いいえ」わたしは伝えた。

「いいえって、どういうこと?」

「千恵子さんはサインを拒否しました。代わりにある交換条件のもとに、一〇セントぶんの権利を放棄する旨を記した、別の書面に署名しました」

「へえ、相手は大金持ちなんだから遠慮なんてしなくていいのに。自分だけでやっていけるって言い張っていたもんな」

あのとき、リヒトはオリバーにサインを迫ることばかりに気をとられて、千恵子の意向はたしかめなかった。それでも彼女が遺産の受け取りを辞退する展開は、頭の片隅にあったらしく、驚いた様子はなかった。

「城ノ戸社長の気持ちだけで十分だったみたいですよ」

「ふうん、それで、ある交換条件ってなに？」

「おぼえていますか。彼女が大学でなにを学んでいるか」

「ああ、そういうこと」

わたしの一言でリヒトはすべてを察したようだった。

「オリバーは、当時の一〇セントに見合う金額で基金を設立する予定です。途上国で学校をつくるための、その名もダイム基金」

「悪くない。それにしても一生食べていけるだけの大金をもったいないな。芯が強いというか、頑固というか。お母さんにそっくりだ」

「リヒト、あなたは和美さんと似ても似つかないですが」

わたしとしては渾身のジョークのつもりだったが、リヒトはちっとも笑わなかった。

「ところでリヒト、あなたに訊きたいことがあります」

わたしは居住まいを正した。ここに来た本当の目的を達成しなくてはならない。

「あらたまってなんだよ」

「振り子に刻まれていたアルファベット――シーザー暗号のことです」

あの日別荘でおきたすべての出来事は録画されている。特にシーザー暗号に関するやりとりは、何度見直したことだろう。今日に限ってはわたしが追及する側で、リヒトは追及される側だ。

わたしは、アルファベットの羅列がはっきり確認できる静止画を提示した。

……XTMIHPXKVHFXLZKXTMKXLIHGLBUBEBMRPBMAZK……

「あのとき、あなたはこのアルファベットの羅列がシーザー暗号であることを示しただけで、何文字ずらせば正しく変換されるのかは明らかにしなかった」

「そうだっけ？」

「とぼけないでください。何度も録画を確認したんです。あなたは『一定数ずらす』としか言っていない。だからわたしと千恵子さんは気づかなかった」

「じゃあ、何文字ずらせばいいか、たしかめたんだ」

「ええ、順に七文字です」

変換済みのアルファベットを提示した。

……EATPOWERCOMESGREATRESPONSIBILITYWIT

ＨＧＲ……

暗号は、円錐の周囲に円を描くように彫られているため、切れ目がない。正しいところで文を区切り、単語ごとにスペースを入れる。

「完成したのは……これです」

〝With great power comes great responsibility〟

（大いなる力には、大いなる責任が伴う）

「まるで紙ナプキンの証券がもたらす大騒動を、暗示するような一文ではありませんか。〝彼女は暖炉の前に立ち、それを読んだ〟という『そして誰もいなくなった』の一節など、どこにもなかった」

「それ言ったの、オリバーだよ。彼に訊けばいいじゃないか」

「オリバーは多忙です」

「えっ、暇だと思ってぼくに訊いてるの？」

いかにも心外だといったふうにリヒトは唇をゆがませた。が、暇以外の要素がどこにあるというのだ。

「『次のお宝のありかについて、生前にヒントを残している』と言って、謎解きを託したのはリヒト、あなたです。最初からあなたが仕組んだのではありませんか」

わたしが言い切ると、リヒトはゆっくりと腕組みをして目をつむり、そのまま天を仰いだ。口を真一文字にむすんで、なにかを噛みしめているようでもあった。

そしてそうしたときと同じペースで元の体勢に戻ると、おもむろに口を開いた。

「これは、ぼくとオリバーだけの秘密にしようと思っていたんだが……」

ため息まじりにリヒトは言うが、あのとき彼とオリバーのあいだに、秘密を共有するようなやりとりはなかったはずだ。

「暗号を解読したから気づいたんじゃない。タイムカプセルから出てきたのが、ダウジング用の振り子だとわかったと同時に、ぼくは気づいたんだ。お宝のありかはリビングダイニングだ、って」

どうしてそんなことが可能なのか、まったく理解できなかった。振り子にシーザー暗号以外の秘密があるとは思えない。リヒトは淡々と続ける。

「だから『次のお宝のありかについて、生前にヒントを残している』と言って、そこがどこなのか、ぼくがすでに知っていることを匂わせた。さすがはオリバーだ。彼は、シーザー暗号が単なる城ノ戸社長の遊び心で意味がなく、隠し場所がリビングダイニングだと、すぐに気づいてくれた。それに、ぼくの意図も」

たしかにわたしも訳していて違和感があった。

『生前に』という一言――

城ノ戸は死んでいる。ヒントがあれば生前に残されたに決まっているのに、わざわざ『生前に』と加える意味がない。ここでいう〝生前〟とは、城ノ戸がシーザー暗号を彫りこんだ〝生前〟とは時間軸が違うのだろうか。

そして謎はもう一つある。

「いま、『ぼくの意図』と言いましたよね」

「うん、ぼくがお宝のありかに気づいた理由を、千恵子さんには絶対に知られたくなかったんだ」

「どういうことです？」

「ホルツマン、きみはぼくが立ち会った事件の詳細を、すべてオリバーに報告しているんだろ」

「はい」

「だったら、東村が逮捕されたあとに、ぼくが抱いた疑問も伝えているわけだ」

――なぜ城ノ戸社長はリビングダイニングでの抵抗をあきらめ、たいした武器のない書斎に東村を招いたのか——

「もしかして……城ノ戸社長は……」

かすれた声をしぼりだすだけで、精いっぱいだった。

「そうだ。城ノ戸社長の身になにかあったとき、警察は徹底的に現場検証をするだろう。彼にとって、リビングダイニングが必要以上に捜索される事態は、絶対に避けたかったんだ。紙ナプキンの証券が発見されてしまう恐れがあるからね」

「では、もし紙ナプキンが、リビングダイニングに隠されていなかったら……」

「城ノ戸社長はラクロスのスティックで反撃して、死なずにすんだかもしれないね。そんなこと、千恵子さんが知る必要はない」

言えない。自分のために残してくれた愛情のせいで、父親が殺されたかもしれないなどと、言えるはずがない。

「だから、ぼくはオリバーを試した。いや、実を言えば、千恵子さんに本当の理由を気づかせずにお宝のありかを知らせる、いい方法が思いつかなくてね。彼に丸投げしたんだ。すぐに適切な英文が思い浮かぶほど、英語が達者じゃないから」

「オリバーに丸投げした？　ではあの〝彼女は暖炉の前に立ち、それを読んだ〟という一文は……」

「そう、〝大いなる力には、大いなる責任が伴う〟と同じく、アルファベットで三十八文字になるよう、咄嗟にオリバーがでっち上げたんだ。大嘘だよ」

そうであれば、腑に落ちることもある。

すごい、素晴らしいとの絶賛は、自分に甘く他人に厳しいリヒトにしては、度を越えていた。あなたの協力に感謝する、という別れ際の一言も納得がいく。

大きなため息をつくと、リヒトは晴れ晴れとした表情で、それでいて憎々しげに、こう言った。

「オリバー・オコンネル――きみのボスは本当の天才だよ」

「それで例の件、どうなった？」

感傷に浸っていたのも、つかの間。今度はリヒトが攻めてきた。

このタイミングで来るか、と思わなかったわけではないが、相手は奇策妙計の名手だ。準備はしてある。

「報酬のことですね」

「当然だろ」

「本部の算定結果はもうすこしかかりそうです」

「今回はかなり働いたからね。その点も加味してもらわないと」

「さあ、どうでしょう。せっかくオリバーと直接交渉する機会を用意したのに、出てきたのは『あなたの協力に感謝する』の一言だけでしたからね。期待しないでください」

「鶴の一声で基金をつくってしまうような超弩級のセレブリティが、しがない探偵への報酬をケチるなんて、どうかしてるよ」

「逆です。どうかしているから事業も成功したし、城ノ戸社長と千恵子さんの想いにも応えられたんですよ」

　どうかしているのは、わたしも同じだった。

　わたしは嘘をついている。

　報酬額はすでに決まっていた。だがあまりに安い。

　亡き親友の願いをかなえてもらったというのに、オリバーには血も涙もないのか。

　やはりリヒトを飼い殺しにして、まだまだ楽しむ気でいるのか。もうすこしなんとかならないのか。

「仕方がありませんね。わたしが一声かければ、多少の金額アップは考えてくれるでしょう。交渉してみましょうか」

　恩を売れるときには、かならず恩を売る。わたしはそういう女だ。

　それに、不本意ながらオリバーとリヒトの探偵ごっこにつきあってみたい、と思わないでもない。

リヒトは、こどもらしく即座に釣り針に食いついた。

「よろしく頼むよ、ホルツマン」

ざんばら髪を揺らした。

そうして見せたのは　まるで邪気のない笑顔で、わたしの心はすこしだけ痛むのだった。

この物語はフィクションです。作中に同一の名称があった場合でも、
実在する人物、団体等とは一切関係ありません。

宝島社
文庫

実家暮らしのホームズ
（じっかぐらしのほーむず）

2024年1月25日　第1刷発行

著　者　加藤鉄児
発行人　蓮見清一
発行所　株式会社 宝島社
〒102-8388　東京都千代田区一番町25番地
電話：営業 03(3234)4621／編集 03(3239)0599
https://tkj.jp
印刷・製本　中央精版印刷株式会社

Printed in Japan
ISBN 978-4-299-05004-5

『このミステリーがすごい!』大賞 シリーズ

宝島社文庫

《第21回 隠し玉》

復讐は合法的に

三日市(みっかいち) 零(れい)

六年付き合った彼氏に裏切られたＯＬ・麻友が出会ったのは「合法復讐屋」エリス。弁護士資格と法律知識を活かして麻友の復讐を代行したエリスは、その後も様々な依頼をこなす。殺人事件の意外な真相、法律の通じない権力者への立ち向かい方……異色の連作リーガルミステリー！

定価 780円(税込)